Dames de Plume

Feder führende Frauen

Dames de Plume

Feder führende Frauen

Gisela Horstmann, D C Hubbard,
Ulrike Janisch, Yvonne Proske,
Ruth-Inge Rolke, Karola Teichen,
Karoline Vogelsang, Marietta Wollny

Impressum

© 2019 Gisela Horstmann, D C Hubbard, Ulrike Janisch,
Yvonne Proske, Ruth-Inge Rolke, Karola Teichen,
Karoline Vogelsang, Marietta Wollny
Alle Rechte liegen bei den Autorinnen
Lektorat/Formatierung: D C Hubbard
Covergestaltung: D C Hubbard, Ruth-Inge Rolke
Herstellung und Verlag: BoD – Books on Demand, Norderstedt
ISBN: 978-3-7494-9875-8

Inhaltsverzeichnis

Vorwort

Was einmal vor fünfzehn Jahren im Rahmen eines Volkshochschul-Kursus geboren wurde, wuchs heran und wurde ein intimer Schreibkreis von Freundinnen. Wir treffen uns reihum, einmal im Monat, wir acht Autorinnen aus dem Rhein-Taunus-Gebiet, um unsere Kurzgeschichten und Gedichte vorzulesen. Die Themen für die Treffen sind breitgefächert und umfassen das tägliche Geschehen, oder eben das, was uns momentan beschäftigt. Dabei sind der Fantasie keine Grenzen gesetzt. Mit diesem Buch gewähren wir zum ersten Mal Einblick in unser kreatives Schaffen.

D C Hubbard
Herausgeberin

Restrisiko
Yvonne Proske

„Eine endgültige Garantie können wir Ihnen natürlich nicht geben, Peter. Das ist Ihnen doch klar. Ein Restrisiko bleibt, aber wenn Sie alle sich ab sofort akkurat an unsere Anweisungen halten, haben Sie gute Chancen", sagte Inspektor Faulkner.

Peter Dalton starrte auf die kleine Bucht hinaus, die sich malerisch an die Klippen schmiegte. Wären sie hier im Urlaub, würde man es einen Traum nennen, aber sie erlebten gerade ihren schlimmsten Albtraum, und darüber konnte auch die herrliche Lage des kleinen, reetgedeckten Hauses auf einem samtig grünen Hügel nicht hinwegtäuschen.

Gereizt blickte Inspektor Faulkner ihn an. „Peter, hören Sie mir zu?"

Wahrscheinlich nervte ihn sein Job. Im Speziellen Kunden, die sich nicht an die Abmachungen hielten. Es war alles so schnell gegangen. Vor vier Tagen wurden sie abgeholt, nachdem Peter nur knapp einer Entführung entgangen war. Noch völlig unter Schock hatten sie ihre Sachen packen müssen und waren buchstäblich bei Nacht und Nebel aus London an die Küste gebracht worden. Niemand hatte in dem Durcheinander daran gedacht, der fünfzehnjährigen Linda das Smartphone abzunehmen. Linda war ein sehr sensibles und ängstliches Kind – schon immer gewesen, und sie hing wie Pech und Schwefel an ihrer Großmutter. Kaum das sie festgestellt hatten, dass Linda bereits vor mehreren Stunden ihrer Oma ihre neuen Koordinaten durchgegeben hatten, waren sie aus dem Wohnhaus geflüchtet.

Inspektor Faulkner hatte hektisch telefoniert, und nun waren sie hier am Ende der Welt in diesem kleinen Haus an der Küste gelandet. Linda war total verschreckt. Der achtjährige Harry dagegen sah das Ganze als großes Abenteuer. Er liebte Nachtfahrten in schnellen Autos. Polizisten mit Pistolen faszinierten ihn, er reiste gerne an neue Orte, und er liebte das Meer. Wenigstens eine Person, um die man sich erst einmal nicht kümmern müsste. Bis zu dem Zeitpunkt, wo er feststellen würde, dass sie sich nicht auf einer Urlaubsreise befanden, und dass ihr altes Leben Geschichte war.

Peter konnte einen verzweifelten Schluchzer nicht verhindern. Er allein war schuld. Durch ihn war seine geliebte Familie in Gefahr geraten.

„Also, Peter, hier sind die Schlüssel des Hauses – zweifach. Einmal für Sie und der andere Schlüsselbund für Mary. Wenn Sie mit uns Kontakt aufnehmen müssen, gibt es die Straße runter einen Pub mit öffentlichem Telefon. Behalten Sie immer ein paar Münzen in der Hosentasche. Verhalten Sie sich möglichst unauffällig. Die nächsten Tage verbringen Sie bitte damit, Ihre neuen Lebensläufe zu verinnerlichen. Das ist extrem wichtig. Ich werde Ihnen in ein paar Tagen Sophie vorbei schicken, die wird nochmals mit Ihnen allen üben. Bis dahin reicht der Lebensmittelvorrat auf jeden Fall. Tun Sie einfach so, als wären Sie im Urlaub." Inspektor Faulkner hielt einen Moment inne und fuhr dann fort: „Wir halten Sie über Sophie auf dem Laufenden bezüglich der Ermittlungen. Beten Sie, dass wir Pancras bald finden."

Peter nickte, reichte Inspektor Faulkner die Hand und blieb im dunklen Flur zurück, nachdem dieser geräuschlos die Haustür hinter sich zugezogen hatte.

Sofort stürmte Mary auf ihn zu. „Was hat er gesagt, Peter? Wie geht es jetzt weiter?"

Seine geliebte Mary war in den letzten Wochen um zehn Jahre gealtert. Schwarze, runde Schatten befanden sich unter ihren Augen.

Sie war unglaublich blass, als würde sie jeden Moment ohnmächtig werden. Ihr Gesicht war eingefallen und schmal. Sie wirkte fast gespenstig. Was sie durchgemacht haben musste, konnte er nur zu gut nachvollziehen. Alles tat ihm so unendlich leid. Wie hatte er sich nur mit solch zwielichtigen Geschäftspartnern einlassen können? Diese Frage stellte er sich ununterbrochen. Das alles für ein bisschen mehr Reichtum für seine Familie. Dabei war es ihnen davor auch nicht schlecht gegangen, aber der Mensch strebte immer nach mehr. Er hasste sich für alles, was er Mary und den Kindern angetan hatte.

„Sie arbeiten mit Hochdruck an den Ermittlungen und wir sollen uns unauffällig verhalten. In den ersten Tagen sollen wir nicht ins Dorf gehen. Bald kommt Sophie vorbei mit weiteren Instruktionen. Bis dahin sollen wir uns entspannen." Er konnte selbst nicht glauben, dass er diesen letzten Satz gesagt hatte, aber er musste Mary irgendwie beruhigen, die wie ein gehetztes Reh vor ihm stand.

„Ich kann das nicht, Peter. Das ist einfach zu viel."

Bevor sie auf dem Flur zusammenbrach, konnte Peter sie gerade noch auffangen. Sie war leicht wie eine Feder. „Mary, Liebes, bitte, lass mich nicht im Stich. Ich weiß, ich habe uns das eingebrockt, und es vergeht keine Minute, in der ich das nicht zutiefst bereue, aber wir dürfen jetzt nicht aufgeben. Schon wegen der Kinder."

Sie schluchzte leise in seinen Armen. Er legte sie vorsichtig aufs Sofa und blickte zum Meer hinaus.

„Und, wie ist es gelaufen?" Inspektor Miller kaute gelangweilt auf seinem Bleistift. „Dieser bescheuerte Dalton. Hoffentlich ist ihm mittlerweile klar, was er angerichtet hat. Warum müssen wir eigentlich immer für diese Deppen die Kohlen aus dem Feuer ziehen?"

„Weil er uns durch seine zugegebenermaßen sehr unvorsichtige Art näher an Pancras gebracht hat, als wir dem Schurken je waren.

Dieses Mal kriegen wir ihn. Das spüre ich", sagte er zähneknirschend.

„Dein Wort in Gottes Ohr", sagte Miller lakonisch und feuerte genervt den feuchten Bleistift auf seinen Schreibtisch. „Pancras – seit wie vielen Jahren sind wir hinter dem her? Zehn bis fünfzehn? Er ist wie ein glitschiger Aal und windet sich jedes Mal wieder aus der Affäre, sobald wir zupacken wollen. Warum sollte es dieses Mal anders sein?"

„Deswegen", mit grimmigem Blick warf Faulkner ein fünfseitiges Dokument und einen USB-Stick auf Millers Arbeitsplatte. „Sichte das bitte zusammen mit dem Team. Besprechung im Konferenzraum in zwei Stunden."

Verdutzt blickte ihm Miller nach.

„Papa, können wir nicht mal einen Ausflug machen? Ich würde gerne ins Dorf radeln." Obwohl Harry nicht so leicht aus der Ruhe zu bringen war, war er heute ungewohnt quengelig.

„Heute nicht, Harry. Wir müssen auf Sophie warten. Wenn sie kommt, dann unternehmen wir etwas. Versprochen."

„Okay. Wann kommt sie denn?"

„In ein paar Tagen, Großer. In ein paar Tagen. Warum gehen wir zwei nicht noch an den Strand runter und werfen unsere Angelruten aus? Was meinst du?"

„Au ja", sprach's und war schon die Treppen zu seinem Zimmer hochgerannt, um sich umzuziehen. Auf den Stufen wäre er beinahe mit Linda zusammengestoßen, die sich seit einiger Zeit das erste Mal aus ihrem Zimmer traute.

„Komm her, Kleines. Wie geht es dir?" Peter breitete seine Arme aus und Linda sank hinein.

„Geht so", murmelte sie. „Wann fahren wir endlich wieder nach Hause?"

„Ach Linda, du weißt doch, dass wir erst einmal hierbleiben müssen. Zuhause ist es zu gefährlich. Solange dieser böse Mann, der hinter mir her ist, noch auf freiem Fuß ist, müssen wir uns weiter verstecken. Aber Inspektor Faulkner wird ihn schon kriegen. Da bin ich mir sicher."

Es gibt immer ein Restrisiko, ging es ihm durch den Kopf, aber er wollte Linda nicht beunruhigen. Sie war zwar schon fünfzehn, aber immer noch ein Kind. „Ich will mit Harry runter zum Strand. Kommst du mit?"

„Nein, danke. Heute ist es mir zu stürmisch. Ich gehe lieber wieder auf mein Zimmer." Sie zog die Schultern zusammen und schlich die Treppe hinauf. Mit einem leisen „Plop" fiel ihre Tür ins Schloss.

„Okay Leute, habt ihr die Unterlagen durchgesehen?" Faulkner stand am Ende des langen Tisches, hinter sich eine Leinwand. Zustimmendes Nicken. „Gut, dann würde ich Folgendes vorschlagen …"

In den nächsten Stunden erläuterte er ihnen seinen Plan und sie arbeiteten weitere Maßnahmen aus. Am späten Nachmittag waren die Gesichter gerötet und sämtlicher Sauerstoff aus dem Raum entwichen, aber die meisten Team-Mitglieder hatten auch ein entschlossenes Flackern in den Augen. Dieses Mal würden sie Pancras überlisten. Der Plan würde aufgehen. Es müsste einfach endlich ein Ende haben.

„Das Essen ist wirklich köstlich, Mary." Peter strahlte seine Frau an. Nachdem er mit Harry mehr als zwei Stunden tobend am Meer verbracht hatte, war sein Hunger unbändig.

Verzagt stocherte sie in ihrem Essen. „Die haben uns wirklich einen stattlichen Vorrat an Lebensmitteln organisiert. So schnell werden wir zumindest nicht verhungern."

Peter schaute von seinem Teller hoch. „Das ist doch wenigstens eine gute Nachricht, oder? Lasst uns doch nach dem Essen eine Runde Siedler spielen. Das lenkt ab, und wir können etwas gemeinsam tun."

Harry war gleich Feuer und Flamme, selbst Linda deutete ein Nicken an, und Mary willigte ebenfalls ein.

Operation „glitschiger Aal" war angelaufen und alle arbeiteten auf Hochtouren. Der Feierabend war längst verstrichen, aber es waren noch alle im Büro und brüteten über den überall ausliegenden Dokumenten. Sie hatten sich lediglich eine Pause gegönnt, nachdem der Pizzabote das Essen gebracht hatte. Aus Dankbarkeit für die Abwechslung hatten sie ein wenig mit dem schlaksigen Kerl geplaudert und ihn dann mit einem saftigen Trinkgeld seines Weges geschickt. Leider konnte der arme Kerl sich nicht lange daran freuen. Am nächsten Tag wurde er mit eingeschlagenem Schädel in einer Seitenstraße des Reviers gefunden, und dann nahmen die Dinge ihren Lauf.

„Peter, da schleicht jemand ums Haus. Ich habe es deutlich gesehen." Mary stand im Dämmerlicht des Abends vor ihm mit angstgeweiteten Augen.

Verdammt, das konnte nicht sein. Pancras hatte sie aufgespürt – und auch noch so schnell. Im nächsten Moment flog ein Stein durch die Wohnzimmerscheibe. Mary und Peter hechteten die Treppe hinauf zu Linda und Harry und verkrochen sich zu viert unter dem großen Ehebett. Jetzt konnten sie nur noch beten.

„Ja, Herr Inspektor und dann ist mir der komische Typ aufgefallen, der hier durch die Straßen schlich. Wissen sie, hier im Dorf kennt jeder jeden. Ich sagte zu Steven hier, Steven, der Typ ist mir nicht geheuer. Mit dem stimmt was nicht. Steven sah das auch so, und zusammen sind wir ihm gefolgt. Als er den Stein durch die Scheibe des alten Fischerhauses an der Klippe warf, war uns klar, dass wir handeln mussten – also ich und der Steven. Der Steven hier hat schnell einen Notruf an die Polizei abgesetzt, und dann haben wir uns vorsichtig dem Haus genähert. Der Typ war gerade dabei die Scheibe mit irgendeinem Werkzeug weiter zu zertrümmern, um an den Türgriff zu gelangen, da legte Steven an und traf ihn mit der Schaufel hier in die Seite. Der hat ganz überrascht geschaut, der Typ, richtig Steven? Und dann ist er so röchelnd zusammengebrochen. Naja, und dann haben wir schon die Sirenen in der Ferne gehört. Ohrenbetäubend war das, und den Rest kennen sie ja."

„Hallo Peter, wie geht es Ihnen?" Inspektor Faulkner setzte sich neben Peter aufs Sofa. „Nun, ich kann es mir denken. Ich hatte Ihnen ja gesagt, dass immer ein Restrisiko bleibt. Pancras ist wirklich gewitzt. Uns einen Spion direkt ins Polizeirevier zu schicken. Unglaublich. Nun ja, die gute Nachricht ist, wir haben ihn. Aber nicht nur das. Wir haben auch genug Beweismaterial, um ihn für sehr lange Zeit hinter Gitter zu bringen. Wie wäre es, wenn Sie sich hier noch ein paar Tage erholen und wir Sie in zwei Wochen nach Hause bringen? Ein bisschen Urlaub würde Ihnen allen jetzt sicher guttun."

Baum im Frühling
Ulrike Janisch

Ich wäre ja auch gerne als etwas anderes zur Welt gekommen. Aber man kann es sich nicht aussuchen. Ich bin halt eine Kastanie. Das ist gut und das ist schlecht. Es kommt immer darauf an, wie man es sieht. Ich will nur die guten Dinge sehen!

Jetzt zum Beispiel ist es gut: Denn es wird Frühling! Es wird Frühling! Es wird Frühling! Bald kommen meine Blätter und Blüten wieder heraus. Die Knospen sind schon zu sehen — so dick, dass man meint, sie platzen gleich! Und wie herrlich sie in der Sonne glänzen!

Und dann gibt es noch andere Dinge, die gut sind: Ich bekomme sehr viel Besuch. Jeden Tag kommen die Papageien. Eigentlich haben die mal in einem Käfig gelebt. Dann sind aber welche entkommen, und seitdem leben sie hier im Park.

Im Sommer kommen die Verliebten, die sich auf eine Wolldecke zu meinen Füßen legen – sie umarmen und küssen sich.

Ich wusste nicht, wie das ist, wenn man verliebt ist. Aber letzten Sommer habe ich genau zugehört, als sich ein junger Mann und ein junges Mädchen unterhalten haben. Das hat mir gut gefallen. Ich habe mir vorgenommen, mich auch zu verlieben…und im Winter ist es dann tatsächlich passiert. Die Menschen haben am Eingang vom Park einen Baum aufgestellt. So etwas wie eine Tanne, so einen Baum habe ich noch nie gesehen. Sie haben goldene Ketten daran gehängt und bunte Kugeln und Schleifen…und dann auf einmal fingen viele Lichter an zu leuchten. Das war soooo schön. Ich war hin und weg.

Meine Wurzeln wurden ganz weich und der Saft in meinen Röhren kam ganz durcheinander. So ist das also, wenn man verliebt ist. Und ich bin mir ganz sicher, dass dieser wunderschöne Baum auch in mich verliebt war. Ich fühlte genau, dass er nur wegen mir dort stand. Ganz bestimmt gehört er irgendwie zu mir, denn seine Kerzen waren wie meine Blütenkerzen im Frühling, und seine Kugeln mit ihrem Strahlenkranz waren wie meine Stachelfrüchte im Herbst.

Obwohl es kalt und kälter wurde, war ich der glücklichste Baum auf der Welt. Nach ein paar Wochen kamen die Menschen zurück und haben den wunderschönen Baum wieder weggebracht. Ich war dann sehr, sehr traurig.

Aber ich wollte ja nur die schönen Dinge sehen: Deshalb nehme ich mir jeden Tag vor, mich zu freuen, dass ich den schönen Baum gekannt habe.

Aufbruch
Gisela Horstmann

Wieder war das Wetter eine einzige Katastrophe am frühen Sonntagmorgen, an dem sie nach langen Jahren des Allein-zu-zweit-seins endlich zu einem Kreis Gleichgesinnter ausbrechen wollte. Wieder so eine Katastrophe wie vor vier Wochen, als die besorgte Stimme der Nachbarin am Telefon dringend dazu geraten hatte, zu Hause zu bleiben, da mit dem angekündigten Schnee- und Eisregen sowieso kein Durchkommen auf den Straßen sei.

Gut, sie hatte nachgegeben, hatte die Ängste der Nachbarin zu ihren eigenen gemacht. Bloß kein Risiko eingehen, war deren Wahlspruch.

Aber an diesem Sonntag klang die Stimme ihrer Freundin, einer passionierten Reiterin, in ihr nach. Beim gemeinsamen Abendessen am Vortag hatte diese ausführlich ihre Erlebnisse mit ihrem ersten Pferd geschildert. Das war ein absolut störrischer Gaul gewesen, der ihr bei jeder Gelegenheit zu zeigen versuchte, wer hier der eigentliche Herr war.

Bei jedem der vielen Abwurfversuche hatte sie nur den einen Gedanken gehabt: Nach vorne werfen, immer nach vorne werfen! Das half! Sie blieb fest im Sattel sitzen!

Als sie noch einmal prüfend in das grausige Schneetreiben draußen blickte, klang wieder die mutige Stimme ihrer Freundin in ihr nach:

Nach vorne werfen, immer nach vorne werfen!

Und an diesem Sonntagmorgen stieg sie mutig in ihr Auto und fuhr es nach vorne, nicht in den Graben wie einige vor ihr, sondern langsam aber sicher nach vorne zu ihrem Ziel.

Das verbotene Zimmer
Karola Teichen

Da, wo die Kellertreppe im Hause meiner Großeltern eine Biegung machte, war ein Absatz und dort eine Tür. Sie war immer verschlossen. Ich ging ungern alleine in den Keller, denn es gab nicht nur Kartoffeln zu holen oder Kohlen. Dort gab es auch Mäuse. Und vor denen hatte ich große Angst. Trotzdem war meine Neugier größer. Meine Frage nach der Tür hatte der Großvater abgewimmelt. Es sei nur ein Durchgang zum Nachbarhaus. Einmal hörte ich es jedoch hinter der Tür rumoren, als ich aus dem Keller etwas holen sollte. Vorsichtig drückte ich die Klinke runter. Das Herz schlug mir bis zum Halse. Sofort war auch alles wieder mucksmäuschenstill und die Tür blieb geschlossen.

Ich muss erwähnen, dass ich für einige Zeit bei den Großeltern wohnen durfte. Ich war 6 Jahre alt. Eines Tages, als der Opa die Oma zum Doktor fahren musste und ich allein blieb, inspizierte ich das Schlüsselbrett und nahm fünf, von denen ich dachte, sie könnten passen, mit. Eine Taschenlampe fand ich nicht. Also musste ich eine Kerze anzünden. Sie flackerte und ich zitterte. Doch es gelang mir die Tür zu öffnen. O weia, sie quietschte fürchterlich! Mein Herz raste! Sollte ich nicht schnellstens umkehren? Nein, ich war doch kein Angsthase!

Mutig hielt ich die Kerze ins Dunkel und tastete mich langsam vorwärts. Zuerst war nichts zu erkennen. Je nachdem, wie ich mich drehte, geisterte mein eigener Schatten die Wände entlang und erschreckte mich sehr. Meine Hände und Füße waren wie Eiszapfen. Aber ich tastete mich langsam vorwärts. Und meine Augen gewöhnten sich an das Halbdunkel. Ich leuchtete die Seitenwände ab. Das flackernde Licht erzeugte Unruhe und Angst in mir. Es könnte ja auch ausgehen und ich wäre im Stockdunkel alleine. In der Nähe der Tür müsste doch eigentlich ein Lichtschalter sein. Ich tastete die Wand zurück. Sie war kalt und feucht und der Gedanke an Spinnen und an anderes schreckliches Ungeziefer durchzuckte mich kurz. Aber ich tastete weiter und nun sah ich auch im Schein der Kerze den Schalter. Erleichtert drückte ich darauf.

Grell leuchtete eine Birne an der Decke auf, und was sah ich da? Ich war umgeben von vollgestopften Regalen. Es gab Koffer, Kartons, Spielsachen, die wohl aus der Kindheit meiner verstorbenen Mutter stammten. Ein Paradies zum Stöbern! Es gab auch noch eine zweite Feuerschutztüre. Sie war verschlossen und führte wohl wirklich zum Nachbarhaus. Vor dieser Türe stand ein Tisch und darauf ein großes Puppenhaus. Es war wunderschön eingerichtet und an herumliegenden Kleinteilen konnte ich erkennen, dass da Jemand herumbastelte und arbeitete: der Opa!

Staunend stand ich davor. Aber irgendetwas hielt mich davon ab, damit zu spielen. Der Gedanke, dass da etwa eine Überraschung zum Geburtstag für mich lauerte, von der ich sicher nichts wissen sollte, ließ mich umkehren, das Licht löschen, die Türe sorgsam wieder verschließen, die Schlüssel weghängen und alles ganz schnell vergessen, oder zumindest so tun, als wüsste ich von nichts.

Ich habe später nicht mehr nach der Türe gefragt. Jedes Mal, wenn ich daran vorbeigehen musste, tat mein Herz einen kleinen Hüpfer der Vorfreude. Und wenn dann soweit sein würde, würde ich mich echt vor Überraschung so riesig freuen, dass niemand auf die Idee kommen könnte, ich hätte wochenlang ein Geheimnis mit mir herumgetragen und etwas geahnt.

Each garden is a grave*
Marietta Wollny

Den heißen Sommertag kann man im Garten schon spüren, obwohl sich die Sonne erst langsam von Ost nach Südost dreht. Die Vögel, die sonst zwischen den Gärten wie Geschosse hin und her fliegen haben sich schon im Laubwerk des Blutpflaumenbaumes versteckt, um einen sicheren Platz vor der ausdörrenden Hitze zu haben. Ich stehe am Fenster. Langsam wurde ich unruhig. Was machen sie bloß? Was haben die beiden für ein Projekt? Esther und Isabel sitzen im Sandkasten und graben seit mehr als einer Stunde mit ihren kleinen Schaufeln und mit hochroten Köpfen, schweigsam, wie besessen ein riesiges Loch in den Sandkasten. Esther, die Ältere, dunkelhaarig mit schon von wenigen Sonnentagen dunkel gebräunter Haut, die Jüngere, mittelblond, hellhäutig. Äußerlich kann man nicht sehen, dass sie Schwestern sind, wie öfter bei Kindern. Ein Mama- und ein Papakind, mitteleuropäisch-südeuropäisch. Schon ein Jahr nach Esther kam Isabel zur Welt. Mama und Papa waren schon mit einem Kind heillos überfordert, hatten sie doch selbst so wenig elterliche Fürsorge erlebt. Und jetzt sehnten sich zwei kleine Wesen nach ihrer Liebe und Zuwendung und forderten sie oft schreiend ein. Vier Menschen waren sich teilweise hilflos verbunden.

Heute haben die beiden kleinen Mädchen die Beete links und rechts schon ein gutes Stück mit Sand zugeschaufelt. Meine Blumen werde ich vorsichtig später wieder aus den Sandbergen befreien müssen. Die Schwestern scheinen sich vollständig einig zu sein. Ihr Projekt bedarf keiner Zwischenabsprache. Sie arbeiten in tiefem Schweigen. Ab und zu werfe ich vom Fenster einen Blick auf sie, um zu sehen, wie es mit ihrer mir unheimlichen Arbeit weitergeht. Irgendwann setze ich mich still auf die Steinstufe der Terrassentür und beobachte sie mit schmalen Augen. Meine Anwesenheit scheinen sie nicht zu bemerken. Auch die vorsichtig in ihre Nähe gestellten Getränke und Süßigkeiten finden keine Beachtung. Irgendwann stoßen sie mit ihren Schaufeln immer öfter an Steine, klirrende Geräusche sind zu hören, wenn die Metallschaufeln mit den Steinen kollidieren. Dann geben sie auf. Die beiden kleinen Mädchenköpfe sind aus meinem Blick verschwunden, so tief ist das Loch inzwischen geworden. Ich höre sie nur noch schwer atmen. Leises Seufzen und Stöhnen. Dann Stille. Jetzt stehen sie auf - schütteln sich wie Enten, die aus dem Wasser kommen den Sand aus Kleidern und Haaren, entdecken Essen und Getränke und stürzen sich ausgehungert darauf. Fasziniert sehe ich zu. Ob sie mir verraten, was sie gemacht haben? Sie setzen sich neben mich auf die Steinstufe, entspannt und zufrieden, wie nach einer sehr schweren gelungenen Arbeit. Wie soll ich das Gespräch anfangen? Vielleicht mit einem Lob, einer Anerkennung ihrer Arbeit?

"Mein Gott, wart ihr fleißig!!!!" Tiefes Seufzen neben mir. Durchatmen, Luft schöpfen, ruhig weiteratmen. "Wollt ihr noch was trinken?" Leichtes Nicken. Ich gehe leise in die Küche und hole Nachschub. Als ich zurückkomme, sitzen sie aneinander gelehnt entspannt auf der Stufe. Sie essen und trinken weiter. Vorsichtig frage ich fast flüsternd: "Warum habt ihr ein so großes Loch gegraben?"

Sie sehen sich vielsagend an. Dann sagte die Jüngere mit entschlossener Stimme: "Das Grab für den Papa muss groß genug sein!"

    ·   *(Nach Richard Howard)

Die Reise nach Innen
Ruth-Inge Rolke

Was ist nur los mit mir? Diese innere Unruhe, die mich seit längerer Zeit plagt, macht mich ganz krank. Habe ich vielleicht das Burnout-Syndrom?

Die Hektik meines Alltags, die am frühen Morgen schon beginnt, wenn die Kinder beim Frühstück trödeln und deshalb nicht rechtzeitig den Schulweg antreten, mein Mann unbedingt ein anderes Hemd anziehen möchte, das ich noch nicht gebügelt habe, und keine Zeit hat mit dem Hund Gassi zu gehen, setzt mir immer mehr zu. Alles bleibt an mir hängen. Auch ich möchte pünktlich im Geschäft sein, damit meine Kollegin Hilma nicht wieder ihre Nase rümpft und mit einem gewissen Ton in der Stimme sagt: "Ach, bist du wirklich schon da!"

Jeden Tag dasselbe Theater, dass mich ganz krank macht und mir auf den Magen schlägt. Manchmal ist es so schlimm, dass ich mich sogar übergeben muss.

„So geht das nicht weiter mit dir", sagte meine Tante Monika bei ihrem letzten Besuch, als sie meinen elenden Zustand bemerkte und sah wie ich mich fühlte. Sie nahm mich liebevoll in den Arm, und ich konnte meinen Tränen freien Lauf lassen. Nachdem ich ihr alles erzählt hatte, was mich bedrückt, machte sie mir den Vorschlag, doch eine Auszeit zu nehmen, um ein paar Besinnungstage im Kloster „Maria-Einkehr" zu verbringen. Das könne sie nur empfehlen. Dort, in der Stille des Klosters, würde ich meine innere Ausgeglichenheit wiederfinden, denn es gäbe ein Entspannungsprogramm für überbelastete Menschen. Sie bot mir auch an, sich in dieser Zeit um meine Familie zu kümmern. Tante Monika war unsere Lieblingstante, und wir freuten uns immer, wenn sie uns besuchte und von ihren Unternehmungen und Abenteuern erzählte. Ich war so erschöpft, dass ich dankbar ihren Vorschlag annahm.

Die Ruhe, die mich überfiel, als ich den Chorraum der Abtei betrat, der still und sonnendurchflutet vor mir lag, tat mir gut. Ich setzte mich in eine Bank, faltete die Hände und begann meine Reise nach Innen.

Ich fühlte mich zurück versetzt in meine Kindheit und erinnerte mich an die Spaziergänge mit meiner Großmutter, die auf dem Land wohnte. Sie nahm sich immer Zeit für mich und passte ihr Lauftempo dem meinen an. Sie kannte sich in der heimischen Fauna und Flora aus und benannte die Pflanzen, die am Wegesrand wuchsen mit Namen, manchmal sogar mit ihrem botanischen Namen. Ich musste die Gräser und Blätter zwischen den Fingern zerreiben, um ihren Duft besser riechen zu können, was ich auch jetzt noch mache, wenn ich Küchenkräuter verwende. Es war, als ob sie wieder neben mir stünde und meine Hand nahm, um mir die Schätze der Natur zu zeigen, deren Bewandtnis und auch deren Heilkraft.

Eine wunderbare Ruhe fing an, sich in mir auszubreiten. Das Zeitgefühl, das in den letzten Jahren mein Leben bestimmte, schwand dahin. Mit Tante Monika wusste ich meine Familie gut aufgehoben, und so ließ ich meine Gedanken fließen.

Was war aus meinen Träumen geworden? Die Reisen in ferne Länder, die ich gerne gemacht hätte, die bekannten Museen, die ich besuchen wollte, und das Meer, in dem ich gerne geschwommen wäre!

Bei diesen Gedanken traten mir Tränen in die Augen. Es war wie eine innere Reinigung, die ich dringend benötigt habe. Plötzlich taten sich Möglichkeiten auf, wie ich mein Leben verändern könnte, so dass ich mehr Freude im Alltag hätte. Mit der Familie wollte ich anfangen! Ich notierte meine guten Ideen und auch die Wege, die vielleicht dorthin führen könnten.

In Dankbarkeit für die stillen Stunden der Ruhe und Erkenntnis verließ ich das Kloster und nahm mir für die Zukunft vor, jedes Jahr ein paar Tage der inneren Einkehr im Kloster zu verbringen.

Die Letzten Gedanken des Sergei Nikolaiwitsch Rossow
D C Hubbard

Sergei Nikolaiwitsch Rossow nahm die Dose vom Boden und sortierte die Kopeken mit seinen blau angelaufenen Fingern. Es reichte höchstens für einen Borschtsch mit Würstchen und Brot vom Straßenimbiss. Für mehr nicht. Oder für eine kleine Flasche Wodka vom Getränkeladen. Beides würde ihn für die kommende eisige Nacht wärmen. Nur, das Zweite bot ihm als Bonus Betäubung an. Seine Wahl traf er ohne weiteres Nachdenken.

Als Sergei Nikolaiwitsch das Geschäft verließ, beherrschte die Winternacht schon längst die Stadt. Der Moskauer Feierabendverkehr schlich zischend durch den Schneematsch auf dem vierspurigen Boulevard an ihm vorbei. Er schauderte vor Kälte und zog seine Mütze fester über die Ohren herunter. Dann bog er mit der ergatterten Flasche rechts ab, in Richtung Gorky Park, um dort sein übliches Nachtquartier aufzusuchen. Aus Erfahrung wusste er, das Asyl war um die Zeit schon hoffnungslos überbelegt.

Die Ecke vom Park, wo er und seine Kumpel sich immer sammelten, war in dieser Januarnacht leer. Die Anderen hatten sich wohl rechtzeitig um einen Platz im Warmen gekümmert. Er zuckte die Achsel, stöhnte leise und nickte. Anders wollte er es an dem Abend nicht haben.

Sergei Nikolaiwitsch steuerte eine Gruppe von dichten, laublosen Sträuchern an und kroch unter ihren Schutz. Aus seinem verschlissenen Rucksack nahm er eine Plastikplane und breitete sie auf dem festgestampften Schnee aus. Dann legte er sich darauf und nahm den Rucksack als Kissen. Die überstehenden Plastiklappen wickelte er als Decke um sich und nahm die Flasche aus der Tasche seines Anoraks. Nun hörte er Musik im Kopf, wie er sie immer hörte, wenn er ruhte. Es waren Flötentöne in Moll. Ein Mozart Requiem. Lacrimosa.

Nach und nach verschwanden alle, die den Weg durch den Park als Abkürzung nutzten. Die Nachtruhe fiel gnadenlos auf Sergei Nikolaiwitsch, wie das letzte Gericht. Oder wie die Sowjet-Justiz. Denn die beiden glichen sich: finster und arbiträr. Der erste Zug des billigen Wodkas brannte höllisch im Hals und er verzog sein Gesicht. Schon der zweite Zug war schmerzlos. Die Flüssigkeit floss herunter und erreichte seinen leeren Magen. Das Knurren hörte auf, Wärme verteilte sich in seinen inneren Organen.

Der Alkohol schärfte vorübergehend seine Gedanken. In seinem Kopf tauchten Erinnerungen auf. Bilder von damals.

Die Musik im Kopf von Sergei Nikolaiwitsch wurde lauter und kindlich. Er sah Olga mit ihrem Sohn. Mit den blonden Haaren und den strahlenden blauen Augen war er ihr Ebenbild. Olga war dabei ihm das Blockflötenspielen beizubringen, denn nach ihrer Liebe zur Familie kam die Liebe zu der Musik. Auch ihr Sohn sollte diese Liebe kennenlernen. Dabei war Ihre Muttergeduld endlos. Aljoscha war gerade einmal sieben Jahre alt. Olga raufte seine Haare und verbesserte die falschen Noten. Sie lachten gemeinsam darüber, dann spielte er das kleine Kinderlied wieder von vorne.

Das Bild verschwamm und wurde wieder klarer. Zeigte ihm den Tag, an dem die Todesnachricht ankam. Olga brach auf dem Boden zusammen. Das Licht in ihren Augen ging für immer aus. Die Flötentöne schwiegen. War es nicht eine Ehre für Mutter Russland in Afghanistan zu sterben?

Irgendwie schaffte Olga es, sich wieder vom Boden zu erheben, und sie ging wie gewohnt in die Textilfabrik arbeiten. Sie bekochte Sergei Nikolaiwitsch, wenn er nach seiner Schicht beim Gaswerk heimkam. Genau das, was sie vorher gemacht hatte, jetzt aber ohne Musik.

Auf dem Heimweg im letzten Frühjahr entdeckte er in der Dämmerung die ersten Krokusse. Die gelben und lila Blüten regten einen schwachen Hoffnungsschimmer in seiner Brust. In der Wohnung roch es nach Bohneneintopf. Olga hatte ihm sein Abendessen gekocht, der Topf wartete auf dem Herd. Das restliche Geschirr war gespült. Er fand sie in der Badewanne im noch warmen, blutroten Wasser.

Nachdem Sergei Nikolaiwitsch sie zu Grabe getragen hatte, kehrte er in die Wohnung zurück, um seinen Rucksack zu holen. Den Rucksack, der ihm nun als Kissen diente. Er überschritt die Türschwelle nie wieder.

Inzwischen war es Sergei Nikolaiwitsch zu warm geworden. Er warf die Plastikdecke ab und zog die Wollmütze vom Kopf. Den langen Schal um seinen Hals lockerte er und öffnete die Knöpfe seines Anoraks. Ihm fielen nun die Augen zu und sofort sah und hörte er Olga und Aljoscha beim Musizieren. Aljoscha mit seinen achtzehn Jahren sah quicklebendig aus. Olga und Sohn spielten nun ein fröhliches Duett, die Flöten-Passage aus einem Mozart-Concerto. Während sie spielten, betrachtete der Sohn seine Mutter mit dem Blick der Liebe. Sie erwiderte diesen Blick. Dann drehten sich beide die Augen zu Sergei hin und strahlten ihn an.

Der Atem des Sergei Nikolaiwitsch wurde flach, und er verschwand sanft in der Tiefe.

Im Schaufenster
Karoline Vogelsang

„Und Sie können wirklich gar nichts für mich tun? Wie kann ich mich denn alleine wehren gegen einen Spanner?"

Ulrikes Stimme drohte zu kippen, aber sie wollte dem Polizisten auf keinen Fall Anlass geben, sie für hysterisch zu halten.

Schließlich ertrug sie den unheimlichen Mann im Haus gegenüber schon seit Monaten, und ihr Anruf heute beim ersten Revier Berlin Mitte war eine Premiere: noch nie hatte sie die Polizei um Hilfe gebeten. Ulrike rang um Fassung, als der ältere Beamte ihre Schilderungen eher gleichgültig zur Kenntnis nahm.

„Aber das geht jetzt schon seit Januar so! Ich kann doch nicht immer alles abdunkeln in meiner Wohnung, nur weil sonst dieser fürchterliche Kerl am Fenster erscheint! Er hat irgendwelche Gerätschaften aufgestellt hinter der Gardine, ich würde tippen, das sind Kameras. Soll ich mich jetzt mit dem Fernglas hinstellen und ein Katz-und-Maus-Spiel mit ihm beginnen?"

Ihr Gesprächspartner blieb trotz Ulrikes Gefühlsausbruch bei seinem routinierten Tonfall. Er zitierte einige Paragrafen, in denen strafbares Verhalten definiert wurde – aus dem Fenster der eigenen Wohnung zu schauen gehörte nicht dazu. Dass er ihren Wunsch, den Mann zu überprüfen, für unangemessen hielt, war nicht zu überhören.

„Frau Henrich, wir verbleiben heute so, dass ich Ihren Anruf eintrage. Bitte notieren sie sich in den kommenden Tagen, was Sie beobachten, und schreiben Sie Straße und Hausnummer, gegebenenfalls auch den Namen des Herrn auf. In einer Woche melden Sie sich wieder telefonisch hier im Revier Mitte. Bei mir, ja, Oberwachtmeister Hans-Jürgen Eisenbach."

„Abgefertigt, einfach abgefertigt!" Ulrike war enttäuscht. Kraftlos ließ sie sich auf den kleinen messingfarbenen Sessel fallen. Wie die meisten anderen Sitzmöbel hatte sie ihn vom Fenster weggerückt, heraus aus dem Sichtbereich. Der Esstisch stand schon seit Wochen quer vor dem Fenster neben der Balkontür, damit sie bei den Mahlzeiten hinter der bodenlangen Übergardine bleiben konnte. Immer wieder hatte sie die Bewegungen des Mannes beobachtet, wenn sie in der Nähe der Glasflächen saß. Mal zitterte nur der Stoff seines dunklen Vorhangs, dann stand er hinter dem fast transparenten Teil der Gardine. Zu bestimmten Zeiten zog er alles beiseite und zeigte sich sorglos im Bademantel, die Augen stets versteckt hinter einer tiefschwarzen Sonnenbrille. Er schien fast immer zu Hause zu sein.

Ulrike hatte versucht, dem Polizeibeamten ihre Hilflosigkeit und das damit verknüpfte Gefühl des Ausgeliefertseins zu beschreiben.

„Ich bin ja das perfekte Opfer! Ich bin Übersetzerin und lebe und arbeite in der gleichen Wohnung, meine Leselampe am Schreibtisch beleuchtet hier die Bühne, auf der ich für diesen Voyeur quasi rund um die Uhr verfügbar bin!"

In der ersten Zeit hatte sie die Anwesenheit des Mannes ignoriert. Schließlich war es normal, dass man in einer nur wenige Meter entfernten Wohnung, die im gleichen Stockwerk liegt, hin und wieder die Nachbarn zu sehen bekommt. Ihr fiel aber auf, dass er nicht reagierte, wenn sie vom Balkon aus kurz grüßte, auch nicht, wenn er direkt hinter der Scheibe auftauchte und bewegungslos geradeaus starrte. Die Sonnenbrille bedeckte sein Gesicht auch seitlich, das Haar trug er straff nach hinten gekämmt, es hatte die gleiche blasse Farbe wie seine Haut. Auf der Straße, in Alltagskleidung und ohne Brille, hätte sie ihn wohl nicht erkannt. Ohnehin zeigte der Hauseingang des Gebäudes zum Trottoir der abzweigenden Hafergasse, so dass sie ihn bisher nicht hatte beobachten können, wenn er seine Wohnung einmal verließ.

Mit seiner wortlosen, starren Pose hatte er sie eingeschüchtert. Sie begann nicht nur, die Möbel umzustellen, sondern betrat auch immer seltener den hübschen, von gusseisernen Elementen eingefassten Balkon. Ihre im Frühjahr gekauften Pflanzen hatte sie nicht in die Kästen gesetzt und auch nicht mehr gegossen, die meisten waren vertrocknet oder standen kurz davor. Über dem Esstisch machte sie nur noch selten Licht, das Fenster in der Küche beklebte sie mit einer matten Folie, die wie Milchglas wirkte. Sie hatte ernsthaft überlegt, die Folie auch im Wohnzimmer anzubringen, aber im letzten Moment gegengesteuert und sich energisch jede weitere paranoide Selbstbeschränkung verboten.

Irgendetwas musste sie tun – jedenfalls schien es ihr verrückt zu sein, passiv und verängstigt auf den nächsten Schritt ihres schweigenden Beobachters zu warten. Die Polizei stellte sich taub, Freunde hatte sie in Berlin noch nicht gefunden und ihre Lektorin im Verlagsbüro hatte fünf Kinder und sicher genug eigene Sorgen. Ein Umzug? Das wäre schon finanziell nicht zu schaffen, außerdem mochte sie die Wohnung und den Stadtteil sehr und wollte sich nicht vertreiben lassen.

Sie kochte sich eine ganze Kanne duftenden schwarzen Tee mit Vanille, löschte alle Lichter und zog die Übergardine eine Handbreit auseinander. Gegenüber bewegte sich nichts, wenigstens stand niemand direkt hinter einem der raumhohen Fenster. Ulrike starrte in die lichtlosen Scheiben, als sie plötzlich einen schwach beleuchteten roten Ring, vielleicht handtellergroß, im linken Fensterflügel entdeckte. Sie richtete sich auf und einem plötzlichen Impuls folgend, schlüpfte sie in ihre flachen Schuhe, zog die lange Strickjacke über und verließ eilig die Wohnung. Die Luft war zu kühl für den

Frühsommer und Ulrike spürte, wie sich Gänsehaut auf ihren nackten Beinen ausbreitete. Schnell hatte sie die Straße überquert und bog in die Hafergasse ein, deren Straßenlaternen in der Abenddämmerung nur schwach leuchteten. Der Hauseingang wirkte wenig einladend, die kleinen Glasscheiben in der halb offenstehenden Haustür waren gesprungen und die meisten Klingelschilder unleserlich beschriftet. Im zweiten Stock gab es nur eine Wohnung, sie musste eine enorme Fläche einnehmen, bewohnt von einem H. L.

„Das passt ja!" zischte Ulrike, „Da will einer inkognito bleiben!" Die Wut, die sie plötzlich gepackt hatte, reichte auch für die Stufen zur zweiten Etage noch aus. Vor der schäbigen Wohnungstür musste sie kurz innehalten. Sie zog die Schultern nach hinten und atmete mehrmals tief in den Bauch, bevor sie auf den Klingelknopf drückte. Direkt nach dem altmodisch rasselnden Ton glaubte sie, hinter der Tür ein Geräusch zu hören, so als habe bereits jemand dort gewartet und sie durch den Spion beobachtet. Nach einer Pause klingelte sie erneut. Als wieder niemand öffnete, drehte sie sich schon in Richtung Treppe und fuhr zusammen, als Scharniere quietschten und gleichzeitig mit dem Öffnen der Tür die Treppenhausbeleuchtung erlosch.

„Hallo? Wer ist denn hier?" Die ängstlich klingende Stimme eines älteren Mannes drang aus dem finsteren Wohnungsflur herüber. Ulrike hatte zitternd den Lichtschalter ertastet und versuchte, sich zu sammeln. Vor ihr stand, und ein Irrtum war so gut wie unmöglich, der Spanner, der Voyeur, ihr wortloser Peiniger. Statt des Bademantels trug er ein dunkles Jackett über einer gestreiften Pyjamahose. Sein fettig glänzendes, farbloses Haar war zurückgekämmt, die große schwarze Brille verdeckte seine Augen vollständig. In der Hand hielt er einen kurzen, weißen Stock, den er jetzt per Knopfdruck bis zum Fußboden hinunter verlängerte.

„Was möchten Sie denn, hallo?" fragte er wieder. Um seinen Unterarm hing ein schmutzig gelbes Stoffband, auf dem drei schwarze Punkte zu sehen waren. Ulrike war noch immer nicht in der Lage, einen sinnvollen Satz herauszubringen. „Entschuldigung, ich, ähm, mein Name ist Henrich, ich war mir nicht sicher, was Sie....warum Sie....

„Wohnen Sie hier im Haus?" Der Mann bemühte sich, die Situation zu entspannen.

„Nein, gegenüber in der Körnerstraße, eh...zweiter Stock, ich habe Sie schon öfter am Fenster stehen sehen und wollte, also ich meinte, Sie haben mich vielleicht gar nicht gesehen. Ich wusste nicht, dass Sie, also, sind Sie denn blind?" Ulrike biss sich auf die Lippen, sie war so überfordert von dieser radikalen Wendung, dass Takt und Einfühlungsvermögen völlig abhandengekommen waren.

„Ja, ich bin durch einen Arbeitsunfall vor siebzehn Jahren erblindet und wohne schon lange hier, ganz allein, bis auf meine Haushaltshilfe, die einmal die Woche für mich einkauft und so weiter."

„Ach so, ich hatte mir, ähm, irgendwie Sorgen gemacht, weil sie oft am Fenster stehen und gar nicht reagieren, wenn man von gegenüber grüßt oder winkt, und da wollte ich nur sicherheitshalber, also da war so ein rötliches Licht hinter der Gardine und..." Langsam sortierten sich Ulrikes Gedanken wieder, und ihr Puls sank unter hundert Schläge in der Minute.

„Ach, das tut mir aber leid, vielleicht hab' ich sie erschreckt am Fenster. Seit ich nichts mehr sehe, stelle ich mich oft dorthin, um die Sonne wenigstens noch zu spüren, wenn sie mir ins Gesicht scheint. Das ist herrlich! Oder ich höre durch die Scheiben dem Lärm der Stadt zu oder dem Gurren der Tauben auf der Regenrinne. Bitte denken Sie sich nichts dabei" Er lächelte zaghaft und bewegte den weißen Stock auf dem Fußboden hin und her.

„Ach ja, dann ist ja alles in Ordnung, dann weiß ich Bescheid. Ich dachte, da stimmt was nicht und wollte…also, gute Nacht. Entschuldigen Sie bitte die späte Störung.“

Ulrikes Füße flogen über die Stufen, im Erdgeschoss riss sie die Türen auf und stürzte auf die Hafergasse hinaus. Ein paar Tränen rannen über ihre Wangen, als Zeichen der Erleichterung, die sie jetzt verspürte. Was für ein Wagnis, was für eine dumme Idee, den unheimlichen Beobachter stellen zu wollen, ganz allein, in einer riesigen Wohnung ohne Licht. Und was für eine irrwitzige Wendung die Sache nahm, wie sinnlos die ganze Aktion plötzlich war, ein Blinder, dessen Sehnsucht nach warmen Sonnenstrahlen sie so falsch interpretiert hatte. Der sie natürlich nicht grüßte, weil er ihr Winken niemals gesehen hatte. Ihre ganze unsinnige Möbelschieberei, weil ein Blinder sich an den Vorhängen entlangtastete. Die heftige Anspannung fiel mit jeder neuen Erkenntnis weiter von ihr ab.

Zurück in der eigenen Wohnung schaltete Ulrike die große Hängelampe über dem Tisch an, dann riss sie die Gardinen auf und zerrte kichernd den messingfarbenen Sessel ans Fenster. Mit einer Tasse kalten Vanilletees prostete Sie dem bedauernswerten Opfer ihrer Verdächtigungen symbolisch zu. Zufällig schob Herr L. – wie er hieß, war ihr jetzt egal – drüben einen der schweren Vorhänge zur Seite und zog das dunkle Jackett aus, das er an der Wohnungstür getragen hatte. Die helle Lampe in Ulrikes Wohnzimmer beleuchtete auch ein wenig die gegenüberliegende Fensterfront und gab den Blick frei auf einen Menschen, der davon gar nichts merkte. Im Pyjama stellte er sich ganz nah an die Fensterscheibe. Wahrscheinlich berauschte er sich am Klang des abendlichen Berlins.

Ulrike grinste so breit wie lange nicht mehr. Die Freude über ihre wiedergewonnene Freiheit, über den glücklichen Ausklang dieses Junitages steigerte sich zu einer für sie ungewohnten Euphorie. Einer spontanen Eingebung folgend sprang sie aus dem Sessel, zog

Rock und T-Shirt aus und hüpfte nur in Unterwäsche durch die Balkontür nach draußen. Befreit lachte sie auf, drehte sich im Kreis und boxte mit den Fäusten in die Luft.

Für Herrn L. eine hübsche Überraschung vor dem Schlafengehen. Ganz, ganz kurz rutschten seine Mundwinkel nach oben.

Die Farben Party
Gisela Horstmann

Vor langer Zeit gab es einmal eine Einladung zu einer lustigen Party, an der alle Farben teilnehmen wollten.

Pünktlich zum angegebenen Termin erschien das langweilige Grau, wie immer dezent gekleidet und sofort beleidigt, weil noch kein anderer da war.

Kurze Zeit später klingelte das leuchtende Gelb, versprühte sein Gift gegen die unpünktlichen Kollegen und setzte sich nach draußen in die grelle Sonne.

Milde lächelnd begrüßte das sanfte Orange seine Freundinnen, wie immer heiter und ausgeglichen, wie immer zum Frieden bereit.

Aber dann stürmte das feurige Rot in den Raum, machte den üblichen Wirbel, stand sofort im Mittelpunkt, von allen bewundert und hofiert.

Ziemlich schlecht gelaunt traf das dumpfe Braun ein, grüßte alle knapp und verzog sich aufs Sofa.

Mit tänzelnden Schritten erschien das lebhafte Türkis, drehte seine Pirouetten auf der Tanzfläche und kümmerte sich nicht darum, was die anderen so trieben.

Auch das kräftige Grün war sich selbst genug. Seine Energie strahlte zwar auf alle ab, aber da es reichlich davon hatte, so what!

Schön wie ein wolkenloser Sommermorgen füllte das wohltuende Blau den Festraum. Alle bemühten sich, in seine Nähe zu gelangen, um dort von vergangenen Urlaubstagen zu träumen.

Zuletzt erschien das stille Violett, setzte sich in die Mitte der Tanzfläche und begann zu meditieren.

Langsam kamen alle Party-Gäste zur Ruhe, ließen sich im Kreis nieder und versuchten ebenfalls sich zu konzentrieren.

Der Frieden dauerte nicht lange, denn plötzlich wurde die Türe aufgerissen und das scheinbar unschuldige Weiß erschien, fegte seine untadeligen Strahlen über die stille Versammlung und schluckte sämtliche Farben in sein nimmersattes Zentrum.

Wehren war zwecklos, jede Farbe wurde aufgesogen, verschluckt, unsichtbar gemacht von der alleinigen Herrscherin, der Tyrannin, der Gleichmacherin von jedem individuellen Farbton.

Aber in den vielen Ecken des Saales hatte sich vor Beginn der Party das nicht eingeladene Schwarz versteckt. Jetzt quoll es in breiter Front hervor und drängte das gefräßige Weiß auf Normalmaß zurück, so dass die bunten Farben wieder Platz, Luft und Kraft zu leben hatten.

Der Rabe
Marietta Wollny

Betritt nicht meine Räume, mein Freund,
damit deine Worte nicht apokalyptische Fresken in meine Wände
reißen,
das Grauen wurde gerade erst weiß übertüncht.
Meine Phantasie malt gleich einem Projektor schwarze Gestalten aus
jedem Wort
und erweckt sie nächtlich zu Alptraumtheater
und ängstigt mich in der Oberflächlichkeit meines Schlafes.

Am Tag verfolgen sie mich wie ein Schwarm schwarzer Geier.
Mein unsichtbarer Schweif.
Betritt ihn nicht mein Kind.
Sprich unter freiem Himmel mit mir, wenn überhaupt,
damit sich die Galle auf Wiesen und Feldern unschädlich verteilt
und nicht wie erkalteter Lavaregen mich in hastiger Flucht erschlägt.

Diese Wege sind beschwerlich.
Hüte deine Zunge,
wenn nötig, hacke sie ab,
damit du wie ein Rabe in anderer Sprache sprechen lernst.

Der Liebesbrief ohne Absender
Karola Teichen

Ich heiße Martin Schmidt. Vor fünf Minuten bin ich nach Hause gekommen. Noch im Mantel habe ich die Post aus dem Briefkasten geholt, einen ganzen Stapel: die Tageszeitung, den neuesten Rhönbrief
des Gästehauses Schroth, ein Brief von Renate, eine Postkarte aus
Meran vom Jüngsten, Reklamesendungen, Prospekte von verschiedenen Kaufhäusern und eine Postwurfsendung an den Hauseigentümer,
Wintergärten betreffend. Und da ist noch ein Brief an den Hauseigentümer im rosa Briefumschlag. Ich habe es satt, die viele Reklame und
will sie gleich in die Mülltonne werfen.

Doch halt, den rosa Brief reiße ich mit dem Haustürschlüssel
auf. Wäre er nicht rosa gewesen, wäre er schon in der blauen Tonne.
Außerdem ist er handgeschrieben. Das ist nicht alltäglich, mit einer
weichen, runden, flüssigen Schrift. Ich setze mich, noch immer im
Mantel, den Schlüsselbund in der Hand.

Meine Güte, das ist ja ein ganz persönlicher Liebesbrief ohne
konkrete Namensnennung *an den Eigentümer des Hauses Nr. 7 in der
Wilhelmstraße.* Da wohne ich, zwar erst seit 5 Jahren. Aber. Ich bin
erschrocken, will ihn wieder schließen und weiterschicken. Aber an
wen? Kein Absender! Wahrscheinlich sollte er an den Vorbesitzer gerichtet werden, denke ich. Aber das war doch eine Erbengemein-
schaft, die nach dem Tod ihres Verwandten an mich verkauft hat.

Was machen? Neugierig bin ich schon. Ich könnte nachfor-
schen, ob der Vor-Vor-Besitzer gemeint sein könnte. Aber dazu muss
ich den Inhalt wissen. Also lese ich:

*Du, meine große Liebe. Nie werde ich Dich vergessen. All die
Jahre habe ich es versucht. Aber immer, wenn Abendrot am*

Himmel war, habe ich daran gedacht, wie wir damals den klei-
nen Prinzen von Saint-Exupéry gelesen haben und uns, so wie
der kleine Prinz an seine Rose dachte, ausgemalt, dass wir im-
mer beim Abendrot aneinander denken wollten. Und der
Fuchs sagt ja zum Prinzen, dass er Verantwortung habe für
das, was er sich einmal vertraut gemacht hat. Du warst mein
Prinz und ich deine Rose. Du warst so zärtlich zu mir, so lie-
bevoll. Und wir haben einander vertraut gemacht.

Doch dann trennten sich unsere Wege. Es sollte nur
kurze Zeit sein... Doch jeder wurde an einen anderen Strand
gespült. du hast nie wieder Kontakt zu mir aufgenommen. Ich
habe es noch zweimal telefonisch versucht. du wolltest den an-
deren Weg gehen. Es hat unendlich wehgetan. Auch jetzt, wo
ich an Dich schreibe, habe ich einen Kloß im Hals, mein Puls
jagt, das Herz tut weh...Ich glaubte, dass du mich liebtest,
dass es so etwas wie zwischen uns nur einmal im Leben gibt.
Ich hätte damals alles für dich verlassen. Du hast mir ein wun-
derschönes Bild gemalt: Eine Rose, die aufblühen will. Inzwi-
schen ist die Rose, die ich einmal war, zwar noch nicht ganz
verblüht, aber sie fängt an, zu welken.

Damals habe ich Deine Adresse ausfindig gemacht,
angerufen und schnell wieder aufgelegt, nur um deine Stimme
zu hören. Ich habe mir auch ausgemalt, wie es sein würde,
wenn ich durch deine Stadt gehen würde und dich träfe. Aber
den Mut, zu dir zu fahren und um dein Haus rumzuschleichen,
hatte ich dann doch nicht.

Ich bin inzwischen mehrmals umgezogen in andere
Städte. Meine Kinder sind verheiratet, deine sicher auch, und
du bist sicher Großvater. Ich würde so gerne wissen, wie es
dir geht, neben dir auf der Bank sitzen und deine Hand halten
und schmusen und reden über das Hier und Jetzt...

Weißt du noch, dass wir stundenlang geknutscht ha-
ben. Ich bin geschwommen im Glück. Und das Tanzen! Tag
für Tag haben wir getanzt. Keinen Tanz ausgelassen. Wie im
Märchen. Jetzt, wo mich die Erinnerung nach so vielen Jahren
wieder überwältigt, hoffe ich heimlich darauf, dass du auch an
mich beim Abendrot denkst und dankbar sein kannst für die
Zeit mit deiner Rose, die einmalige, die eine, die auf dich war-
tet, du mein Prinz, bis ans Ende ihrer Tage.

Ich lege den Brief hin und bleibe sitzen, gedankenverloren. Wäre ich dieser Mann, wäre der Brief an mich gerichtet, würde ich mich auf-machen, alle Hebel in Bewegung setzen, um diese Frau nach so vielen Jahren wiederzusehen, egal in welchen Beziehungen ich derzeit lebe. Für mich bleibt es ein Geheimnis, aber träumen kann auch ich von einem Zusammentreffen, von einer solch innigen Beziehung. Meine Gedanken spinnen leise Fäden, wie sie aussehen mag, wie sie sich an mich schmiegt, wie sie meine Einsamkeit mit mir teilt. Reichtum und Leben käme in mein Leben. Und Schönheit. Wir würden uns einander vertraut machen.

Und dieser Andere? Sicher ist er schon tot, vorbeigegangen an seinem Glück. Gott hab ihn selig! Und sie auch! Und mich, mich auch!

Mir ist warm geworden. Bedächtig und langsam ziehe ich end-lich den Mantel aus und hänge ihn an die Garderobe, dahin, wo er hingehört.

Bis jetzt habe ich wirklich Glück gehabt
Ulrike Janisch

Ich wurde in einem wunderschönen Mistkasten geboren. Meine Eltern haben für mich einen guten Platz ausgesucht: Es wird langsam Frühling und die Sonnenstrahlen wärmen mich. Inmitten von jungen Salatpflänzchen, frisch und grün und zart, habe ich mich von einem winzigen Ei zu einem hübschen Teenager gemausert.

Nun ja, etwas neidisch bin ich schon: Gleich nebenan im Ranukelstrauch, der direkt am Mistbeet steht, lebt eine Familie mit Häuschen. So ein Häuschen hätte ich auch gerne. Aber das werde ich wohl nie bekommen. Entweder man hat es von Geburt an oder man muss eben akzeptieren, dass man nackt ist.

Aber es geht mir immer noch besser als der Familie, von der mir eine meiner vielen Schwestern erzählt hat. Diese Familie lebt nämlich draußen auf der Wiese und hat kein Mistbeet. Huch, muss es da kalt sein! Und die sind ganz dick und fett und ganz dunkelbraun. Ich bin schön klein und milchkaffee-braun.

Nun ja, gestern ist etwas Aufregendes passiert: Die Frau mit den Gummistiefeln und den grauen Löckchen, die immer die Salatpflänzchen wässert, kam mit einem riiiiiesigen Messer, bückte sich und ratsch—Ich dachte schon, sie will mir mitten in meinen schönen Bauch stechen—Da schnitt sie die Pflanze ab, auf der ich gerade gemütlich saß, und dann schnitt sie auch gleich noch die ganzen anderen Salatpflanzen in der Reihe ab.

Plötzlich wurde es dunkel. Ich war auf einmal zwischen ganz vielen Salatblättern und alles um mich herum wackelte fürchterlich. — Mann, war ich seekrank! Mein hübsches Gesicht war sicher ganz blau und grün. Dann war erst mal Ruhe und ich konnte mich von dem Schreck erholen.

Aber dann ging es erst richtig los: Graulöckchen nahm alle Salatpflanzen in die Hand und guckte sie durch dicke Gläser direkt an. Beinahe hätte sie mich wieder mit ihrem Messer erwischt. Mann, war das unheimlich! Aber anscheinend hat sie mich doch nicht gesehen. Da war ich froh!

Nun ja, das habe ich überstanden. Dann wurde es plötzlich fürchterlich nass. Einmal und dann noch einmal. Ooooh! Und dann wieder dieses Geschüttel! Aber jetzt geht es mir gut. Irgendwas ist jetzt an dem Salat, das schmeckt gaaaaanz lecker!

Und interessant ist es hier. Außer Graulöckchen sind jetzt noch viele andere Leute da: ein kleines Goldsträhnchen und ein kleines Braunsträhnchen und eine Kleine mit Hüpfzöpfchen, alle mit ganz hellen Stimmen. Dann noch ganz viele Große: ein Rotbesen und ein Braunwuschel, ein Glanzkopf, ein Silberkopf und noch mehr. Alle sitzen um mich herum. Ach, bin ich stolz!

Sie reden und lachen und Hüpfzöpfchen fragt: „Warum gibt es denn bei Omi immer Fisch?"

Silberkopf antwortet freundlich: „Es gibt bei Omi nicht immer Fisch. Nur am Karfreitag lädt sie uns alle zum Fischessen ein, weil man am Karfreitag kein Fleisch isst."

Na, da habe ich ja Glück gehabt: Dann essen die mich nicht, denn ich bin ja FLEISCH. Hoffentlich wissen die das auch! Es hätte mich ja mal interessiert, warum man am Karfreitag kein Fleisch isst. Aber anscheinend wissen das hier alle außer mir, denn keiner fragt danach.

Auf einmal ein lauter Schrei von Braunsträhnchen: „Jiiiiijhhhhh!"

Graulöckchen sagt: „Beim Essen sagt man nicht Jiiiiiiiiihhhh. Wenn einem etwas nicht passt, macht man es ganz unauffällig auf den Tellerrand."

Braunsträhnchen erwidert: „Aber das ist eklig. Das kann einem ja den ganzen Appetit verderben."

Ohhhh! Ich glaube, die meint mich!!!! — Dabei bin ich doch gar nicht eklig — die Anderen im Mistbeet haben immer gesagt, dass ich ganz besonders süß und knackig wäre.

Graulöckchen sagt ärgerlich: „Jetzt sei aber mal ruhig, du ungezogenes Kind."

Rotbesen schaltet sich ein, irgendwie klingt sie auch ärgerlich, denn wahrscheinlich ist sie schuld an dem ungezogenen Kind: „Ich habe dir schon lange gesagt, dass du dir mal eine neue Brille anschaffen musst. Du siehst nicht mehr gut."

Graulöckchen sagt: „Aber ich habe meine Brille doch erst seit drei Jahren."

Braunwuschel schaltet sich ein: „Und da kannst du dir nicht mal eine Neue leisten?"

Graulöckchen erwidert: „Ja, die letzte hat 800 Euro gekostet. Da kann ich mir nicht schon wieder eine Neue kaufen."

Braunwuschel fragt spitz: „Kannst du nicht oder willst du nicht?

Graulöckchen ist hörbar beleidigt: „Wenn ich mein Geld so aus dem Fenster schmeißen würde wie du, KÖNNTE ich nicht"

Goldsträhnchen fragt: „Ja, was machen wir denn jetzt mit dem Ekel-Teil?"

Hüpfzöpfchen platzt zwischen die Vorschläge, die von allen Seiten gemacht werden, um mich zu beseitigen: „Mann ist mir schlecht! Ich muss kotzen!"

Glanzkopf wird sauer „Jetzt ist es aber genug! Geh bitte in dein Zimmer!"

Braunwuschel nimmt sie in Schutz: „Sei doch nicht so streng!"

„Du sagst immer, ich soll doch nicht so streng sein. Dabei hast du sie total verzogen."

Graulöckchen beschwichtigt: „Kinder, streitet euch doch nicht."

Glanzkopf sagt lakonisch: „Ja, Mutter, du hast früher schon immer alles unter den Teppich gekehrt."

Oh, ich glaube ich verschwinde hier lieber. Da liegen so schöne Blumen und Blätter auf dem Tisch herum. Ich weiß auch nicht wofür. Vielleicht essen sie die später auch noch. Auf jeden Fall sieht es schön aus.

Also ich werde mich hier über den Tellerrand schwingen und mal da in die Blätter verschwinden. Aber mit einem Ohr muss ich doch hören, was die reden.

Ich höre gerade noch, wie sich Rotbesen nicht verkneifen kann zu sagen: „Ja, dafür musst du immer alles anprangern und kannst nicht mal fünf gerade sein lassen."

Graulöckchen ist jetzt total sauer: „Also für Euch werde ich nicht noch mal am Karfreitag kochen!"

Alle stehen auf. — Braunwuschel und Rotbesen verschwinden mit schuldbewussten Gesichtern und mit den ganzen schmutzigen Tellern in der Küche.

Glanzkopf muss dringend die Auto-Reifen wechseln und Silberkopf muss noch die ganze schmutzige Wäsche sortieren, damit er sie noch waschen kann.

Hüpfzöpfchen, Goldsträhnchen und Braunsträhnchen essen noch so kleine braune Stückchen, die ganz verlockend riechen. Komisch, jetzt ist es Hüpfzöpfchen gar nicht mehr übel. Ach, und mich haben sie ganz vergessen!

Da höre ich: „Omi, was soll denn mit der Tischdeko passieren?"

„Mach sie in den blauen Eimer und bring sie zum Komposthaufen."

„Wo ist denn der Komposthaufen?"

„Der ist im Garten direkt neben dem Mistbeet."

Bis jetzt habe ich wirklich Glück gehabt.

Stoßgebet
Yvonne Proske

Ein Schrei formte sich in meiner Kehle, fand aber keinen Ausgang. Meine schreckgeweiteten Augen wollten aus ihren Höhlen springen. Ich konnte mich aus meiner Erstarrung kaum lösen. Das Bild, das sich mir bot, war einfach grauenhaft. Da lag sie, meine geliebte Mutter, eingebettet in einem Salatbouquet, besprenkelt mit ihrem erstklassigen Himbeernussdressing, in der linken Hand ihren favorisierten Rührlöffel aus Porzellan und, zu ihren Füßen, ein Schmorbraten, dessen Duft mir – trotz der schrecklichen Situation – das Wasser im Mund zusammen laufen ließ. Die Prinzesskroketten im heißen Ofen hatten zugegebenermaßen nicht mehr ganz die optimale Farbe und waren in den unterschiedlichsten Schwarztönen verkohlt. Was war nur passiert?

Soweit ich mich zurück erinnern kann, war die Küche für meine Mutter der begehrteste Ort auf Erden. Schon früh am Morgen betrat sie diese, bequem bekleidet mit ihrer Retroschürze aus den 70er Jahren. Sie bereitete mit Hingabe das Frühstück vor, um sich dann der Vorbereitung des Mittagessens zu widmen, die Küche danach akribisch zu reinigen, um anschließend bei einer Tasse Kaffee, den Nachmittag zu genießen und das Abendessen in Angriff zu nehmen.

Erst zu den 20:00 Uhr Nachrichten verließ sie ihr Refugium, aber niemals bevor sie nicht noch liebevoll mit der Hand über die blankpolierten Arbeitsflächen gefahren war. Diese örtliche Fokussierung auf einen Raum im Haus bedeutete auch für uns, dass wir uns zwangsläufig viel in der Küche aufhielten. Hier war es stets warm, gemütlich. Hier gab es jederzeit etwas Leckeres zum Essen. Hier duftete es meist verführerisch und hier war Mama.

Gleichzeitig bedeutete es, dass die restlichen Räume im Haus tagsüber verwaist blieben. Nur der Freitag bildete eine Ausnahme in Mamas Lebensrhythmus. Am Freitag mussten die Vorräte bis zum nächsten Freitag aufgefüllt werden. Man sah ihr schon am Morgen den Missmut ob der gezwungenen Trennung von ihrem Lieblingsraum an. Schnell stieg sie in den Wagen, fuhr zum nächsten Supermarkt und erledigte ihre Einkäufe im Eiltempo. Kaum zu Hause wurden alle Waren im Vorratsraum verstaut, und sie gönnte sich zwei Stunden in ihrer Küche, um das Mittagessen zuzubereiten. Sofort hellte sich ihre Stimmung wieder auf. Danach folgte der verhasste Hausputz, der schnell erledigt war, da wir die restlichen Räume ja kaum nutzten. So ging es tagein/tagaus. Wir hatten uns alle damit arrangiert. Sogar mein Vater hatte verstanden, dass wenn er ein entspanntes Schäferstündchen mit seiner Frau haben wollte, die Küche der Ort der Wahl war. In diesem Fall zogen wir Kinder uns natürlich dezent in unsere Zimmer zurück.

„Sind Sie Frau Kleinschmidt, die Tochter?"

Erschrocken fuhr ich zusammen. Ich war so gebannt von dem Anblick meiner Mutter in unserem Abendessen, dass ich den älteren Herrn, der hinter mich getreten war, gar nicht bemerkt hatte.

„Ich bin Kommissar Beckmann. Das mit Ihrer Mutter tut mir sehr leid. Denken Sie, dass Sie mir ein paar Fragen beantworten können?"

Stumm nickte ich und führte den Kommissar in unser Wohnzimmer. Augenscheinlich hatte eine Nachbarin meine Mutter nur durch Zufall entdeckt. Frau Müllerheim war der Honig ausgegangen und sie wusste, dass wenn eine Person in der Straße einen gefüllten Vorratsschrank hatte, dann meine Mutter. Als diese auf das Klingeln

50

an der Haustür nicht reagiert hatte, war Frau Müllerheim vorsichtig um die Hausecke gegangen und hatte ins Küchenfenster gespäht. Schließlich war Mittwoch und bis auf Freitag – das wussten sogar die Nachbarn – war meine Mutter immer in der Küche anzutreffen. Sofort hatte sie sie auf dem Küchenboden entdeckt und den Krankenwagen und die Polizei alarmiert.

„Wie ging es Ihrer Mutter heute Morgen? Fühlte sie sich unwohl?", begann Kommissar Beckmann vorsichtig das Gespräch.

„Nein", stotterte ich. „Sie war wie immer. Was ist ihr denn passiert?"

„Wir wissen es noch nicht so genau, aber so wie es aussieht, ist Ihre Mutter auf ein paar Erbsen ausgerutscht und so ungünstig gestürzt, dass sie sich das Genick gebrochen hat. Sie war sofort tot." Bedauernd verbog Kommissar Beckmann die Mundwinkel. „Der Notarzt konnte nichts mehr für sie tun."

„Verstehe", murmelte ich, obwohl ich weit davon entfernt war, die Lage zu begreifen. Jetzt hatte meine Mutter fast ihr ganzes Leben in der Küche verbracht, dem Ort, der ihr Refugium war, dem Ort, der für uns alle nur mit positiven Erinnerungen und Erlebnissen behaftet war, und jetzt war sie gerade hier heimtückisch zu Tode gekommen. Erbsen – ich hatte dieses Gemüse schon immer gehasst.

„Ich bin hier, um auszuschließen, dass es sich beim Tod Ihrer Mutter nicht um einen Unfall handelt", erklärte Herr Beckmann gerade. „Fehlt vielleicht irgendetwas im Küchenbestand, oder gibt es etwas, was hier nicht hingehört?"

Jetzt wurde ich hellhörig. Sollten sich etwa die Lebensmittel gegen meine Mutter verschworen und sie absichtlich zu Fall gebracht haben? Ich richtete mich auf, ging mit steifen, widerwilligen Schritten in die Küche und schaute mich um. Mittlerweile hatte die Spurensicherung ihre Arbeit aufgenommen. Der frische Leichnam meiner

Mutter wurde aus allen Winkeln fotografiert. Lebensmittel und Gegenstände eingetütet.

Ich war zu durcheinander, um klar zu denken und genau hinzuschauen. „Ich kann nichts Besonderes feststellen", gestand ich Kommissar Beckmann, und zwei Stunden später saß die gesamte Familie mit hängenden Köpfen und verweinten Augen im Wohnzimmer. Das Chaos in der Küche wurde notdürftig beseitig und meine Mutter in die Pathologie gebracht.

„Asche zu Asche, Staub zu Staub. Herr, nimm Deine Tochter Annegret Kleinschmidt zu Dir, und schenke ihr das ewige Leben", sprach der Pfarrer bei der Beerdigung.

Und ich schickte heimlich ein Stoßgebet zum Himmel. „Herr, wenn Du Dich gut um meine Mutter kümmern möchtest, dann stell sie in Deiner Küche ein, und verbanne Erbsen aus dem Speiseplan."

Vorurteile
Ruth-Inge Rolke

Kennen Sie das auch? Elisa wird zum ersten Mal zu einer Party bei ihrem Chef eingeladen und kennt dort niemanden. Sie muss sich selbst vorstellen und steht einem Menschen gegenüber, den sie auf Anhieb nicht mag.

Sie kann sich das nicht erklären, denn es gibt keinen äußeren Grund dafür. Im Gegenteil. Der Mann sieht gut aus, ein Colin-Firth-Typ, den sie so mag. Er sieht gepflegt aus, hat gute Manieren, und ein angenehmer Bariton begleitet seine Sprache.

Trotzdem ist eine Schranke zwischen ihnen, die sie nicht überwinden kann. Sie sieht ihm in die Augen, beobachtet sein Gesicht und registriert, dass er nur mit dem Mund lacht. Seine Augen aber schauen kühl und beherrscht. Kann es sein, dass das eine Art von Überheblichkeit ist? Oder nur Verunsicherung?

Warum verschwendet sie überhaupt nur einen Gedanken an diesen unsympathischen Menschen? Hier gibt es sicher noch andere Gesprächspartner; und sie macht sich auf die Suche. Gar nicht so einfach, wenn man niemanden kennt.

Plötzlich kommt ein junger Mann, mit zwei Gläsern Sekt in der Hand, auf sie zu. Seine hellblauen Augen blitzen sie an, als er vor ihr steht. „Du hast sicher schon auf den Sekt gewartet und natürlich auch auf mich", sagte er. Lächelnd reicht er ihr das Glas und sie sind sogleich mitten in einem Gespräch.

Sie bereut es nicht, der Einladung gefolgt zu sein, denn seit Wochen hatte sie keine Abwechslung mehr in ihrem Alltag. Stephan, der Weltenbummler, hatte, ohne sie zu fragen, für drei Jahre einen Job bei einer Bank in Hongkong angenommen. Ihre Mails wurden immer seltener, und bei Telefongesprächen mit ihm vermisste sie die

Herzlichkeit und Wärme vergangener Zeiten. Es war wohl das Ende ihrer Beziehung.

Die Menschen auf der Party wurden immer ausgelassener, denn der Sekt floss in Strömen, und Kevin, so hieß der junge Mann mit den hellblauen Augen, wurde immer zudringlicher. So war sie ihrem Chef, der auch der Gastgeber war, sehr dankbar, als er anbot ihr seine Bildergalerie im Nebenhaus zu zeigen.

Ihr stockte der Atem, als sie das Nebenhaus betraten. Es war ein Rundbau mit einer Glaskuppel, durch die das Licht in einen großen Raum floss, an dessen Wände wunderschöne Bilder hingen, die in ihrer Farbigkeit sie an das Paradies in der Bibel erinnerten. Herr Heyne, ihr Chef, führte sie kenntnisreich und mit viel Begeisterung von Bild zu Bild. Er erklärte die verschiedenen Bildentwürfe, die zu komplizierten Kompositionen wurden und die unendlichen Variationsmöglichkeiten von Blumenstillleben. Er erläuterte ihr, wie man an der Hintergrundmalerei, eine Zeitepoche erkennen könne. Er erzählte vom Leben der jeweiligen Künstler, wo und wann das Bild entstanden sei, was es für ihn bedeute. Und warum er es erworben hat.

Sie war sprachlos und überrascht von dieser neuen Seite ihres Chefs, den sie eher für einen cleveren Geschäftsmann hielt als für einen Kunstexperten. Sein Bruder sei auch Sammler, erzählte er ihr, lebe aber sehr zurückgezogen, seit seine Frau so früh gestorben ist. Ob sie Andreas heute schon getroffen habe? Ihr fiel sofort der gutaussehende Mann ein, den sie zu Beginn der Party getroffen hatte.

Ihr war die Lust auf „Party" aber vergangen, denn ihre Gedanken waren bei dem was sie gesehen und gehört hatte, und sie beschloss nach Hause zu gehen.

Ein Mensch half ihr in den Mantel und bot an, sie nach Hause zu begleiten; er sei der Bruder des Chefs. Sie schaute in seine Augen, die auch lächeln konnten. Die Schranke zwischen ihnen fiel, und Andreas nahm ihren Arm.

Sich zu verlieben ist eine verheerende Erfahrung
Marietta Wollny

1.2. 10 Uhr

Ich habe mich mit ihm im Café am Marienplatz getroffen. Es war herrliches kaltes Wetter und die Sonne beleuchtete das Café sommerhell. Er trug einen grauen gefütterten Anorak, einen alten lila Pullover und den grauen mit schwarz gemustertem Schal. Als er das Café betritt, bleibt er eine halbe Sekunde stehen, hört in den Raum mit hoch gehobenem Kopf und geht zur Bedienung. Als er an den Tisch tritt, wechselt die Musik, Pianomusik statt Madonna. Die Bedienung hat auf seinen leisevorgetragenen Wunsch eine andere Musik aufgelegt. Wir unterhalten uns über seine Erkrankung, Gicht, Rheuma in den Gelenken. Wie in ein Buch sehen wir zusammen in seine geschwollenen Hände, der Besuch in ein Rodonbad ist geplant, um die Krankheit zu mildern. Wir unterhalten uns über Ernährung, über Heilmethoden – er hat Zahlen am rechten Handgelenk, die bei dieser Krankheit helfen sollen. Ein Arzt in der Leopoldstr. hat sie ihm persönlich auf den Arm geschrieben. Wir unterhalten uns über Familienaufstellungen. Ich erzähle von Viktoria und ihrem Problem mit ihrer Oma. Er hat öfter Familienaufstellungen bei einem Arzt in der Franziskanerstraße gemacht. Wir sprechen über die USA, er verteidigt die Situation dort im Moment und kritisiert die deutschen Medien und die öffentliche Reaktion in Deutschland darauf. Er habe einen Protestbrief an die FAZ geschrieben. Das Gespräch fließt hin und her. Es ist schön. Ich erzähle von dem Vortrag über SGB II in der Sozialstation und von den Bildern, die ich jetzt abholen will, Schneefotos von der

Zugspitze auf Leinwand gezogen. Er erzählt von Paul, der schlechte Erfahrungen gemacht hat mit dem Übertrag von Fotos auf Leinwand. Ich habe ihm zwei CDs von Brahms: „Wenn ich mit Menschen und Engelszungen redete...", gesungen von Kathleen Ferrier, mitgenommen und ihm gesagt, er soll sie sich mal anhören, ich fände sie nicht schön vertont, aber die Stimme der Sängerin gefiel mir, Mendelsohn-Bartholdy oder Robert Schumann hätten eine schönere Vertonung gemacht. Seine Tochter Inca (seine ältere Tochter heißt Maria, er hält sie für weise! Sie ist schon fertige Architektin), hat gerade in Italien ihre Prüfung als Ärztin gemacht. Die Mutter von Inca hätte komische Ansichten. Normalerweise sind die Mütter der Töchter in unseren Gesprächen tabu. Inca soll ihm eine Kopie der CD machen. Er trinkt einen Cappuccino und isst Müsli mit Obst und Jogurt. Ich trinke einen Earl Grey. Ein schöner Vormittag war das, sage ich und sehe ihm strahlend ins Gesicht. Er schlägt vor, dass wir es bald wiederholen, er will mich zum Auto begleiten, an der Ecke Frankengasse bleibt er plötzlich stehen und sagt unvermittelt: „Wir wollen uns ein Küsschen geben." Wir umarmen uns stürmisch ungeschickt. Meine rechte Wange an seine rechte gedrückt. Es ist eine leichte beschwingte Umarmung, rechte Wange an rechte Wange. Es scheint mir, wir wären gleich groß – fast. Später, wenn wir uns umarmten, reiche ich immer nur bis an seine Schulter. Sein Rücken ist auch heute hart. Seine Schulter weich. Sich zu verlieben ist eine verheerende Erfahrung.

16.2.
Er ist für längere Zeit krankgeschrieben. Ich erreiche nur seine Sekretärin. Er ruft mich an. Ich erzähle von meinem Unfall und dem ganzen Chaos, er von seinem ausgetesteten Essen, er vertrage Rehfleisch. Ich rufe den Jäger an, ob er noch tiefgefrorenes Rehfleisch hat. Er hat.

7.3.

Ich schicke ihm einen Brief mit einem Artikel der FAZ Sonntagszeitung mit einem Interview des polnischen Ministerpräsidenten, außerdem die Adresse des Jägers wegen des Rehfleisches, das er haben wollte, er kann es sich beim Jäger holen, da ich selber es in nächster Zeit nicht bringen kann.

„Sprich zu mir!", ruf mich an. Die Gedanken stiller Abende. Wie schön können Telefongespräche sein, Kilometer der räumlichen Entfernung dazwischen. Aber dann die Zweifel: Was ist von den Worten zurückgeblieben? Innerliches Flehen: „Lass etwas zurück." Einen Hauch von allem, was wir lieben, behalten. Etwas in der Hand haben, etwas Sinnliches, etwas zurück zu behalten von den Gesprächen? Die Vögel haben ihren Gesang hinterlassen, der leise im Kopf hallt, wenn im Winter der Frühlingsgesang der Vögel herbeigewünscht wird. Mit dem Duft der Blumen ist es schwerer. Wenn der Herbst fortgeschritten ist, gehe ich durch den Garten und bücke mich in die letzten Blüten, um ihren Duft in meine Nase zu ziehen. Ich möchte ihn speichern wie geschriebene Worte auf der Festplatte eines Computers. Der Duft der Wicken, dieser so feine zurückhaltend bezaubernde Geruch wird mich wie eine Sucht durch den Winter unruhig verfolgen. Er hinterlässt eine Spur von Bitternis. Auf seinen Geruch muss ich bis zum nächsten Sommer warten, wie auf eine herbei gesehnte Begegnung mit einem Geliebten. Ich raube der letzten lila Blüte ihren Duft und versuche, Nase, Ohren und Mund wie ein Insekt zu nutzen, das statt Nektar die feinen Gerüche einzieht und in einer Wabe ablegt.

Ist der körperliche Kontakt, die tatsächliche Begegnung mit allem Geliebten, überhaupt nötig? Das den Menschen bewegendste Gefühl, die Liebe, kann manchmal nur eine Empfindung, eine Phantasie sein, die im Virtuellen wurzelt. Wer in Romy Schneider verliebt war, ohne sie persönlich getroffen zu haben, weiß das.

Ich liege im Bett, die Kaffeehaussituation zwei- dreimal durchlebend. Bis zum nächsten Telefonat vergehen Tage.

19.4. 16,15 Uhr

Meine Schmerzen zwingen mich ins Bett. Rechts die Blutpflaume, links die Kiefer im Fenster vor mir. Wie ein Scherenschnitt steht der Blutpflaumenbaum mit seinen kahlen Ästen vor dem klaren Früh-abendhimmel. Kaltes hellblau, das die Frostnacht ankündigt. Ein Streifen orange-gelber Sonnenuntergangswolken gibt ein freundli-ches Bild ab. Drei Vögel sitzen im Baum, bewegungslos, wie schla-fende Fledermäuse. Minutenlang. Dann plustert sich der Erste auf und putzt seine Federn, lüftet sie wie Frau Holle die Federbetten und lässt sich dann fast senkrecht nach unten fallen, um dann aus dem freien Fall durchzustarten. Wie nach einem geheimen Regieplan, macht es ihm der Zweite nach, aufplustern, Federn reinigen, durchschütteln, fallenlassen, durchstarten in den Süden. Weg sind sie. Der Dritte sitzt noch erstarrt da, so dass ich mir nicht mehr sicher bin, ob es ein Vogel oder eine verknorrte Astgabel ist, die ich beobachte. Mit Verzögerung erwacht auch der Dritte aus seiner Erstarrung und führt dasselbe Ze-remoniell auf. Er entfernt sich aber nach Osten. Das Orange-Gelb der Wolken wird langsam dunkelgrau. Die Abenddämmerung setzt ein.

Wir telefonieren am Freitag. Er erzählt, in Ceylon bei einem Urlaub während eines Schneefalls Buddhafiguren im Schnee gesehen zu haben. Ein unvergessliches Bild. Wir landen im Gespräch über Tod und Beerdigung. Über Rufis Gedicht, dass einmal Rosen aus uns wachsen. Er will im Feuer enden und nicht in die kalte Erde gelegt werden. Ich zitiere das Jandl Gedicht: „Wir sind die Menschen auf den Wiesen, bald sind wir die Menschen unter den Wiesen, wir wer-den Wiesen und werden Wald, das wird ein lustiger Landaufent-halt...".

Am nächsten Tag fährt er nach Wolfenbüttel, er bittet mich, ihn dort anzurufen. Als ich das tue, ist er gerade in einem Gespräch, er rufe in einer halben Stunde zurück, in meiner Wohnung bleibt es still bis zum Einschlafen. Nach neuem Anruf verspricht er, Dr. Weber, den Radiologen für mich anzurufen, der könne mir weiterhelfen. Er macht es über zwei Wochen nicht. Ich soll ihn anrufen zwischen elf und zwölf Uhr, doch beide Telefone sind ausgestellt. Um sechzehn Uhr ruft er zurück.

Erzählt vom kleinen G, der morgens nicht aufsteht. Seine Mutter habe es sehr schwer mit ihm gehabt, er sei ein schwieriges Kind gewesen. Für ihn sollen die Vögel nicht morgens, sondern nachmittags singen. Ich dagegen stehe gerne morgens auf, wenn die Vögel anfangen zu singen, sie sind geradezu mein Weckruf, meine Morgenmusik. Jetzt kann ich wegen Schmerzen nicht aufstehen.

Er ist zurück. Wir treffen uns im Café S., seine Reaktion auf meine Kleidung und meine kurzen Haare geht als Bewegung durch seinen ganzen Körper, ein gesprochenes Kompliment ist überflüssig. Es ist wie eine tanzende Umarmung. Er begrüßt mich dreimal, mit der Hand zieht er mich näher zu sich. Nach dieser Begrüßung sitzen wir uns eng gegenüber, er ist absolut beherrscht, mit Körper und Geist, seismografisch aufmerksam und zugewandt, beim Umhergehen streichelt seine Hand mich bei jeder Nähe. Meine Augen verzehren die Begegnung. Seine Kleidung und seine Stimme verraten mir immer seinen Gemütszustand – weiße Cordhose, hellblaues gestreiftes Hemd über der Hose, ein weißes T-Shirt darunter. Es geht ihm gut. Die Stimme in mittlerer Lage, mit dem vertrauten leichten Akzent. Er bleibt bis Mittwoch hier. Zwei Bund Schlüssel liegen auf dem Tisch vor ihm, an einem ein kleiner blau-weißer Plastikengel, am Autoschlüssel hängt dagegen ein schwerer Metallengel, diese zwei waren noch nicht in meinem Engelsschrank, zwei besondere Exemplare. Ein jüngerer Mann und eine Frau in meinem Alter sitzen uns gegenüber, die Frau betrachtet mich eingehend.

Meine Schmerztabletten helfen wenig, die Schmerztropfen erreichen ihr Ziel schneller, ich schlucke schnell einen Teelöffel voll als er kurz zur Bedienung geht, um zu zahlen.

„Wenn man Fragen lebt, lebt man vielleicht allmählich, ohne es zu merken, eines fremden Tages in die Antworten hinein."
(R.M. Rilke)

Wir sehen uns zwei Wochen nicht. Wir telefonieren zwei Wochen nicht. Ich suchte dich Geliebter in jedem Baum. Den schwarzen Wassern und der aufgebrochenen Erde.

Die nächste Begegnung ist kompliziert, wir finden nicht zueinander, bleiben uns fremd. Nach mehreren Anrufen ruft er zurück. Ich bin schon im Weggehen in der Tür. Ich vergesse meinen Termin. Als ich den Hörer langsam aufgelegt habe, merke ich, dass ich im Mantel, mit der Handtasche über der Schulter auf dem Sofa sitze. Mir ist warm. Langsam fällt mir ein, dass ich zu einem Treffen mit M. wollte. Ich versuche sie telefonisch zu erreichen. Es gelingt nicht. Fast verpasse ich das Treffen, bin viel zu spät. Es ist mir peinlich eine passend-unpassende Lüge zu erfinden.

21.4. 10:21 Uhr

Wieder ein Tag im Bett. Meine gewohnte Aussicht aus dem Fenster, das Telefon griffbereit neben mir. Es wird heute still bleiben.

Der Blutpflaumenbaum ist immer noch mit seinen kahlen Ästen wie ein Scherenschnitt vor dem nebligen Winterhimmel. Kein Vogel ist zu sehen. Vor einer Stunde waren alle Bäume und Sträucher von Vögeln belebt. Amseln, Spatzen, Meisen saßen zunächst aufgeplustert regungslos in den Bäumen, friedlich neben einander. Nach einiger Zeit kam Leben auf. Der Buntspecht flog heran und bearbeitete den Holunderbaumstamm. Über ihm Meisen, Spatzen, Rotkehlchen, Buntfinken knabberten an den Ästen von Holunder und auch im Blutpflaumenbaum. Mehrere Spatzen saßen auf den Vogelhäuschen im Blutpflaumenbaum, wie auf einem Aussichtsturm. Nach einiger Zeit starteten zwei von ihnen durch und ließen einen Einzigen einsam zurück. Wie wohl die Verwandtschafts- oder Freundschaftsverhältnisse unter ihnen sind? Mehrere Meisen hüpften in den beiden kleinen Birkenstämmchen herum und probierten die dort noch hängenden Meisenknödel und Sonnenblumensäckchen. Ich werde das Vogelfutter für die Vögel bei Penny reklamieren, denn der Geschmack scheint nicht der Beste zu sein. Stattdessen hüpften sie in die Blumenbeete und pickten dort das eine oder andere, sogar an den Solarlampen pickten sie, warum? Heute halten sich die Vögel nahe beim Haus auf. Es scheint das diesige und neblige Wetter zu sein, das sie zu „Haustieren" macht.

5.5. 15 Uhr
Ich warte im Café, am Nachbartisch sitzt eine junge Frau mit ihren drei Kindern, zwei Buben und einem Säugling, ein kleines Mädchen. Ich warte sehr lange, ewig, scheint mir. Die Kinder trinken Kakao und an ihren Mündern läuft der Kakao herunter auf die hellen Pullover. Er kommt nicht. Ein Anruf. Ein unaufschiebbarer Termin.

4.6. 13 Uhr
An den Spitzen der langen Äste des Jasminstrauchs ist seit ein paar Tagen ein kleiner weißer Lichtpunkt, wie ein Kerzenlicht auf den obersten Tannenspitzen. Von oben wird der Strauch mit Licht entzündet, der Garten, die Umgebung kommt zum Leuchten. Es ist kühl und nass in diesem Juni, und das sonst sich schnell ausdehnende Weiß des Jasmins traut sich nur langsam hervor, die Wärme verheißungsvoll anlockend, aber auch seine wunderbar duftenden Blüten vor dem zerstörerischen Regen schützend zurückhaltend. Die gerade in die Luft ragenden langen Äste wirken wie Fackelträger mit einem beginnenden Feuer, einem gerade angezündeten Licht. In das Grün der

Jasminblätter hat sich eine dunkelrote Kletterrose gerankt, dunkelrot wie Christbaumkugeln in einem noch ungeschmückten und unbeleuchteten Weihnachtsbaum. Sie hat großzügig ihre Blüten geöffnet, ungeachtet des schlechten Wetters und der kühlen Temperaturen. Vielleicht will sie den Sommer zwingen herbeizukommen. Anscheinend gelingt es ihr mehr als den verzweifelten Sonnenanbetern zwei schwüle Tage herbei zu zwingen. Als Dank schmiegen sich die weißen Jasminblüten zärtlich wie ein Brautkleid um die roten Rosenblüten. Die Braut verwelkt, der Regen hat aus weiß braun gemacht und das strahlende Weiß getrübt, verregnet. Die Rose lässt sich nicht beindrucken und entfaltet sich, nimmt sich Raum im Weiß und Dunkelgrün des Jasminstrauches. Der Duft des Jasminstrauchs, ein Bett unter dem Jasminstrauch, dort schlafen und aufwachen...

Wie letztes Jahr. Ich kam nach Hause. Wir hatten uns getroffen. Stunden zusammen auf einer Bank im Kurpark gesessen. Vor uns der See, von blühendem Rhododendron eingerahmt. Ich hatte auf dem Markt eingekauft, ein Picknick zu zweit im Kurpark mit Misperos, jungen frischen Erbsenschoten. Wir fütterten uns gegenseitig. Die Erbsenschoten knackten beim Aufbrechen. Ich schob ihm die süßen jungen Erbsen einzeln in den Mund. Seine Lippen mit einem Kuss auf meine Finger waren süßer als die Misperos mit ihrem schönen herben Geschmack, die ich gierig aus seinen Fingern aß. Stunden wie ein schöner fremder Traum, in einem fremden Land. Als ich nach Hause kam legte ich mich selig in die Sonne auf meine Gartenbank und wachte erst auf, als ich schon ganz nass von dem plötzlich einsetzenden Regen war.

20.6. 19 Uhr
Wir telefonieren nach Tagen wieder. Schumann, Brahms, unser Thema heute ist die Musik. Von einem Konzert mit der Geigerin Patrizia Kopatchinskaja ist er so begeistert, dass er die Karten für das

Konzert mit Anne Sophie Mutter zurückgeben will. Das gehe jetzt gar nicht mehr. Die Kopatchinskaja habe die Variationen des Motivs so phantastisch variiert. Abweichungen, Abwandlungen, Variationen von dem, was die Norm ist. Sie habe die Sprache der Musik, die lehrt, frei zu sein, mit Virtuosität und Emotionalität benutzt. Modulation in der Musik, so schweift er ab, könne auch ein Bild für das Begehren sein, weil darin etwas dynamisches, ambivalentes, Offenes liegt. So wie die Tonarten, die Klangfarben eines musikalischen Stückes sich ändern können, so könne sich auch die Klangfarbe eines Menschen ändern. Und die Art, wie wir lieben und begehren wollen. Eine lange Atempause. Die Begeisterung über die Violinistin ist ungebrochen. Als wenn das Konzert noch nicht beendet wäre. Ich warte still auf die Fortführung seiner Gedanken, atemlos. Der nächste Gedanke kommt leise gedehnt. Und wie in einer Modulation Dreiklänge vieldeutig sein könnten, einzelne Dissonanzen auf Kommendes verweisen könnten, wo sie sich dann plötzlich harmonisch einfügen, könnten auch Praktiken der Lust oder Formen des Verlangens vieldeutig sein. Auch in der Musik dieses Tasten im Ungefähren, dieses Wollen, aber nicht wissen, auch nicht was, die durch die Grenzen der Phantasie gesteckten Grenzen der Lust. Der Abend sei unvergleichlich gewesen. Wieder eine Atemzügepause. Vielleicht sehne man sich nach einer anderen Erotik als die, die zur Verfügung steht, einem anderen Lieben und geht zugrunde an dem Schweigen über das Begehren. Ich höre zu. Seine Gedanken und seine Begeisterung fließen wie eine wärmende Welle durchs Telefon. Meine Haut ist heiß. Es wird still zwischen uns. Wir verabschieden uns leise.

Gedächtnislücke
Karola Teichen

Fröhlich kommt die ältere, etwas beleibte Dame auf mich zu: „Hallo, Frau Teichen". Ich murmele „hallo" und kann mich beim besten Willen nicht daran erinnern, sie je gesehen zu haben.

„Erkennen Sie mich nicht mehr? Ich bin die Inge Weißenborn und war 2001 mit Ihnen in Dorfweil auf einer Tanzfreizeit. Ach wie war das schön. Ich werde die vielen Tänze, die Wanderungen und die bunten Abende nie vergessen. Wie geht es Ihnen denn, tanzen Sie noch immer im Kurhaus? Ich wohne jetzt in Idstein. Da erfährt man zeitungsmäßig nichts über die nördlichere Region. Walsdorf ist da wie eine Grenze, was Lokales anbetrifft."

Ich kann das nur bejahen, erkundige mich auch nach dem derzeitigen Befinden und verabschiede mich, weil ich angeblich noch etwas erledigen muss. Mir ist das peinlich. Sie ist mir völlig fremd. Nicht ein Hauch von Erkennen. Zuhause suche ich alte Fotos aus dem Jahr 2001 raus. Eine Inge Weißenborn, wo ist die denn? Ich versuche die Namen zusammenzubringen. Da bleibt so eine hübsche Schlanke übrig, an die ich mich nicht mehr erinnern kann. Sie lächelt pfiffig und scheint gerade „Käse" zu sagen. Ja, das muss sie sein!

Schnee
Ulrike Janisch

Schnee

fällt leis'

fragt nicht, ob

ihn jemand mag

umhüllt alles gut

verdeckt alles Hässliche

dämpft Lärm und Krach mit Sanftmut

gleißt hell im Sonnenschein

schmilzt leise dahin

verlässt uns einfach

fragt nicht, ob

jemand

weint

Ein alter Hut
D C Hubbard

Heinrich von Sternheim öffnete die Tür der Flurgarderobe. Oben auf der Ablage standen gestapelt etliche verwaiste und eingestaubte Hutschachteln. Er hatte sie seit Jahren nicht mehr geöffnet, nicht einmal beachtet. Nun griff er nach einer, zog dann schnell seine Hand wieder herunter. Der Mutter würde es nicht gefallen.

„Hüte trägt man nicht mehr", hatte sie ihm eingeredet. „Seit Ende der sechziger Jahre nicht. Junge, du musst mit der Zeit gehen." Er schloss die Garderobentür wieder.

In der Küche setzte er Wasser auf, um sich einen Tee zu kochen. Während er wartete, schaute er zum Fenster hinaus. Das Haus aus dem neunzehnten Jahrhundert, das auf einem Hügel stand, war sein Geburtshaus, und die Familienwohnung befand sich in der dritten Etage. Ohne Lift wohlgemerkt

Er betrachtete das Panorama, das über die Dächer Königsteins bis auf die Stadt Frankfurt hinreichte. An diesem letzten Novembernachmittag hatte sich der Himmel bedrohlich über die Stadt ausgebreitet. Jeden Moment könnten sich, laut Wettervorhersage, die ersten Schneeflocken aus der dicken Wolkenschicht lösen, herunter rieseln und die Landschaft – und seine Stimmung – in eine ganz andere verwandeln. Er seufzte. Noch drückte der Ausblick schwer auf ihn.

Heinrich dachte an seine Mutter. Als sie zu gebrechlich wurde, den Weg über das Treppenhaus nach unten zu laufen und sich wieder nach oben zu schleppen, setzte sie sich jeden Tag auf einen Stuhl zwischen den Geranientöpfen auf den schmalen Balkon mit dem verschnörkelten Schmiedeeisengeländer, um eben diese Aussicht zu genießen. Im Winter nahm sie Platz auf Vaters Lieblingssessel im warmen Wohnzimmer neben dem hohen Fenster. Sie schaute stundenlang hinaus auf die Welt, an der sie nicht mehr teilnehmen konnte, bis sie schließlich einnickte. Heinrich hätte so gerne gewusst, was sie draußen sah, worüber sie nachdenken mochte. Über den Vater? Über die Zeiten, als ihre Welt noch heil war?

Es war ihm, als ob sie über ihrem Reich thronte, zwar wohlwollend, aber bestimmend. Denn er kannte sie immer als eine starke Frau, und sie lebte in einer Zeit, in der nur die Starken überlebten. Heinrich konnte sich vage daran erinnern, dass er vier Jahre alt gewesen war, als der Krieg ausbrach. Vater war Berufssoldat, Heeresoffizier aus einer Familie mit einer militärischen Tradition, die zurück ins 18. Jahrhundert reichte. Vater musste an die Ostfront, und erst später erkannte Heinrich, dass Mutter keine Alternative hatte außer stark zu sein. Nach einigen Fehlgeburten hatte sie nur Heinrich; er blieb Einzelkind. Er und Mutter mussten zusammenhalten, wie sie ihm oft genug sagte, komme, was wolle.

Sie starb im selben Monat, als die Nachkriegsweltordnung bröckelte, kurz bevor die Berliner Mauer zusammenfiel. Heinrich ahnte nun, dass ein neues Zeitalter angebrochen war. Deutschland war dabei, sich auf die prekäre Reise des Wiederzusammenwachsens zu begeben. Was diese Entwicklung für Heinrich bedeuten könnte, war ihm noch nicht klar. Ihm war nur klar, dass er sich nach seinem persönlichen Verlust gänzlich alleine fühlte, verwaist und verlassen, wenn man einen Vierundfünfzigjährigen so beschreiben durfte.

Heinrich ging weiter seinem Beruf im Finanzamt nach, trug Verantwortung für eine ganze Abteilung. Die Arbeit war keineswegs öde, aber in diesem ersten Winter ohne die Mutter machten ihm die langen Nächte zu schaffen. Um sie zu kürzen, arbeitete er länger und kehrte frühestens um acht Uhr in die leere Wohnung zurück.

Warum, wenn er hinaus über die Dächer schaute, dachte er auch immer wieder an seinen Vater? Allein der Gedanke an ihn sorgte dafür, dass Heinrich sich zu seiner vollen Größe aufrichtete. Denn Vater stand immer so gerade, auch als er keine Uniform mehr trug, und auch nachdem der Krieg ihn innerlich aufgezehrt hatte. So ein stolzer Mann. Mutter war es, die strikt dagegen war, als Heinrich der Familientradition nach in die neue Bundeswehr eintreten wollte.

Ausgerechnet der zwölfjährige Heinrich musste es sein, der den Vater im Keller erhängt entdeckte. Das hatte der Vater ihm bestimmt nicht antun wollen. Das Bild ätzte sich aber für immer in seine Psyche. Erst im Oktober, kurz vor ihrem Tod, hatte Mutter ihm ihre wahren Gefühle gestanden: es wäre besser gewesen, der Vater wäre in Stalingrad geblieben. Die Nacht darauf lag er wach, trauerte erneut über den Tod des Vaters, als ob es gerade geschehen wäre.

Er seufzte leise und klopfte mit der Faust auf die Marmorfensterbank. Dann drehte er sich vom Fenster ab und ging zurück zum Flur. Aus dem Garderobenschrank holte er die rote Schachtel heraus, nahm den Deckel ab und setzte den Hut auf den Kopf. Im Spiegel betrachtete er sich, drehte den Kopf nach links und rechts. Dieser schwarze Fedora war damals Heinrichs Lieblingshut gewesen. Noch war er gut in Schuss. Es wäre auch keine schlechte Idee, den kahlen Fleck am Hinterkopf so zuzudecken. Dadurch sähe er wieder etwas jünger aus, stellte er fest. Er lächelte sich im Spiegel an und zog den Hut etwas herunter auf die Stirn. Dann kippte er seinen Kopf nach hinten und lachte laut.

Aus der Küche pfiff der Wasserkessel. Die Lust auf Tee war ihm aber vergangen. Mit dem Hut noch auf dem Kopf ging er in die Küche und nahm den Kessel vom Gas. Dann griff er nach einer ungeöffneten Flasche Bordeaux, die auf der Küchentheke neben dem Toaster lag. Er öffnete sie und schenkte Wein in eines von Mutters besten Gläsern aus böhmischem Kristall. Er schloss die Augen und lies den ersten Schluck Wein seinen Gaumen erfreuen. Im Finanzamt arbeitete eine Frau im Büro neben seinem. Eine kinderlose Witwe, mutterseelenalleine. Öfters hatten sie sich nett unterhalten. Vielleicht hätte sie Lust, mit ihm ins Kino zu gehen, oder mal sonntags in den Taunus hinauszufahren. Nun versuchte er nicht einmal, sein Lächeln zu unterdrücken.

Maske
Karoline Vogelsang

„Komme sofort!", rief ich, meinen toupierten Schopf durch den Türrahmen streckend, in Richtung Flur. Ein paar Wölkchen Haarspray „extra stark" mussten noch platziert werden, dann stürzte ich mit schrillem Geheul zur Wohnungstür.

„Haaaah, wer kriegt wohl die begehrte Trophäe für das schärfste Hexen-Kostüm 1986? Naaaaa?"

Im trist beleuchteten Treppenhaus stand Sarah. Obwohl sie ein weit ausgeschnittenes Dirndl trug, ihre hellblonden Haare zu Schnecken gedreht und ihre Lippen kirschlutscherrot bemalt hatte, war von fröhlicher Faschingslaune nichts zu spüren. Mit hängenden Schultern schlurfte sie auf mich zu.

„Halt, sag' nichts Sarah!" Mit dem Zeigefinger hob ich ihr Kinn ein wenig an: „Der Typ hat wieder angerufen!"

„100 Punkte für die Hexe!" Sarah fiel noch ein bisschen mehr in sich zusammen. „Er hat mir wieder gedroht, ich hab's aufgenommen für die Polizei. Aber die machen ja doch nix. Erst wenn meine Einzelteile aus dem Rhein gefischt werden, wird für die der Fall interessant."

„So ein Schwein, was gibt dem das bloß!"

Ich kannte die traurige Geschichte auswendig, es ging schon seit Wochen so. Er rief immer gegen Abend an, beschimpfte Sarah über den Anrufbeantworter und spulte ein wüstes Programm perverser Fantasien ab.

„Stell' Dir vor, er hat heute was von einem Faschingsball gesagt, und dass er sich gerade verkleidet. Den abartigen Rest erspare ich dir lieber!"

„Ach komm, es finden heute so viele Maskenbälle in Köln statt, das wäre ja ein wirklich großer Zufall. Außerdem sind wir zu zweit und es gibt sooo viele Leute da – bestimmt reißen sich die Männer drum, dem Scheißkerl dir zuliebe eine zu verpassen!" Mit einem aufmunternden Lächeln schob ich eine Hand unter Sarahs Arm. „Der Knabe muss noch geboren werden, der uns den Auftritt in Bocklemünd verdirbt, was?"

In der alten Stadthalle hatte sich wie in jedem Jahr eine tanz- und trinkfreudige Menschenmenge versammelt. Sarah ließ sich hin und wieder von mir auf die Tanzfläche schleppen, blieb aber die meiste Zeit an unserem überfüllten Tisch und beobachtete die schunkelnden und lachenden Ballgäste. Sie beugte sich zu mir herüber, um mich auf einen maskierten Mann aufmerksam zu machen.

„Carina, guck' gleich mal unauffällig zum Notausgang rechts hinten. Da steht ein riesiger Kerl in einer schwarzen Kutte. Die Kapuze hängt vor seinem Gesicht. Und da drunter hat er eine Maske, die wie ein Totenschädel aussieht."

Den von Sarah beschriebenen Ballbesucher hatte ich schnell entdeckt. Er stand etwa fünfzehn Meter von uns entfernt in einer Nische und stützte sich auf einen langen, schwarzen Stock, an dessen oberem Ende eine metallisch glänzende Sense befestigt war.

„Wenn der jetzt noch nach Weihrauch und Friedhofserde riecht, macht er mir den Pokal für's beste Kostüm streitig!", lächelte ich meine besorgte Freundin an. Sarah sollte sich wenigstens ein bisschen amüsieren, sie hatte sich doch so auf den Ball gefreut. Aber meinem Versuch, sie mit lockeren Sprüchen aufzuheitern, war kein besonderer Erfolg beschieden.

„Bleiben wir noch lange? Der schwarze Sensenmann schaut ständig zu uns rüber!"

Die starre Haltung des finsteren Kerls war mir auch schon auf-gefallen. Ich schüttete den Rest meines starken Wodka-Cocktails in einem Zug herunter und stand etwas zu schnell auf. „Den knöpfe ich mir jetzt mal vor, meine Süße, der will bestimmt nur mal mit einer von uns tanzen!" Schwankend bat ich unsere Tischnachbarn, mich durchzulassen.

Sarahs Augen weiteten sich. Sie hatte im Gegensatz zu mir kaum etwas getrunken. „Bist du wahnsinnig? Wenn du das machst, ist der Abend für mich zu Ende!" Sie griff nach ihrer Tasche, die zum Dirndl passend mit Edelweiß-Blüten bestickt war. „Wir sehen uns am Auto. Wenn du in fünf Minuten nicht nachkommst, fahre ich alleine zurück!"

„Jetzt warte halt mal, Sarah, ich will doch nur..." Sie war schon aufgesprungen und schob sich durch die engen Stuhlreihen in Richtung Haupteingang.

Der Sensenmann beobachtete unsere kurze Szene sehr auf-merksam. Ich schlängelte mich durch die verschwitzten Menschen-massen auf dem Tanzboden und landete direkt vor der schwach be-leuchteten Nische. Der dunkle Riese drückte sich sofort in seine Ecke hinein.

„Damenwahl!" tönte es von der Bühne her durch den Saal. Ich machte einen Knicks vor Gevatter Tod und lächelte unsicher in seine leeren Augenhöhlen hinein. Langsam hob sich eine seiner knochigen Hände, die in täuschend echt wirkenden Handschuhen steckten, zu seiner spitzen Kinnlade hinauf. Er hob die Maske an, so dass ich sein Gesicht sehen konnte.

„Ähm, das passt jetzt wohl nicht so", sagte eine helle, weibli-che Stimme.

„Verzeiht mir, da bin ich euch ja voll auf den Leim gegangen, Gevatterin!" Ich verbeugte mich ehrfürchtig. Die Einmeterneunzig-frau nickte mir mit gespielter Herablassung zu und verbarg ihr

Geheimnis wieder unter dem Totenschädel aus PVC. Das hatte Sarah jetzt verpasst! Darüber hätten wir uns noch oft amüsieren können – der vermeintliche Perversling mit der Sense eine harmlose Frau mit Endlosbeinen!

Der leichte Alkoholnebel vor meinen Augen hatte sich gelichtet. Auf dem Rückweg durch den wogenden Saal suchte ich mit den Augen die Stuhlreihen ab. Sarah war tatsächlich nirgends mehr zu sehen. Ich schob mich zu unseren Sitzplätzen durch und griff nach meiner Steppjacke.

„Meine Freundin mit dem Dirndl ist wohl eben schon aufgebrochen!", lächelte ich das Paar gegenüber an, um mich mit einem Kopfnicken zu verabschieden.

„Jaja, der Pirat mit der Augenklappe ist auch schon aufgebrochen!", rief mir die als Funkenmariechen verkleidete Tischnachbarin nach.

„Welcher Pirat?" Ich hatte niemanden mit einem Piratenkostüm wahrgenommen. Wollte er sie begleiten oder war er nur zufällig im selben Moment aufgestanden?

Meine Schritte wurden schneller. Ungeduldig schob ich Stühle weg und drängte mich immer eiliger durch den schlechtbelüfteten, vollgestopften Saal. Am Ausgang fing ich an zu rennen. Sarahs Auto war auf dem Parkplatz an der Rückseite der Halle abgestellt. Schon bei unserer Ankunft hatten wir über die fehlende Beleuchtung geschimpft. Trotz der schlechten Sichtverhältnisse steigerte ich mein Lauftempo noch. Hier musste der kleine blaue Opel stehen, ich sah schon seine Dachreling im Mondlicht schimmern.

„Sarah? Sarah! Bist du da? Bist du am Auto? Gib' mal Antwort!"

Panik kroch mir den Nacken hoch. Ich hörte ein Knirschen, zusammengedrückte Kiesel, vielleicht Schritte. „Sarah? Ich kann kaum was sehen, gib' doch mal ein Zeichen!"

Ich trat mit dem rechten Absatz auf etwas Weiches, das unter meinem Gewicht nachgab und ruderte mit den Armen, um die Balance nicht zu verlieren. Aus einem Impuls heraus bückte ich mich und tastete auf dem Boden nach dem weichen Gegenstand. Mit den Fingerspitzen berührte ich eine menschliche Hand, triefend, noch warm, mit einem Loch in der Mitte der Handfläche, das mein Pfennig-Absatz hinterlassen hatte.

Abschied
Marietta Wollny

Ich ließ meine Liebe lange nicht los,
ich verarmte in meinen sehnsüchtigen Träumen
und wurde klein und manchmal groß,
oft war ich das Erbarmen,
und er eine flüchtige Hand.

Da hab ich sie in die Wolken gegeben,
und ist mir nicht mehr nahe, sie entschwand;
ich ließ sie schweben, ich lernte das Leben,
ich habe es erst langsam erkannt.

Seit mich meine Liebe nicht mehr begleitet,
kann ich frei meine Flügel entfalten
und die Stille der Sterne durchspalten
in meiner einsamen Nacht
nicht mehr meine ängstlichen Träume festhalten
seitdem meine Liebe nicht mehr mit mir aufwacht.

(nach: *Engellieder*, R.M. Rilke)

Die perfekte Ergänzung
Yvonne Proske

„Ich glaube, Frau Kunze ist die Nächste." Dieser Satz hallte in meinen Ohren. Ich war gerade mit einem Aktenstapel beladen an der Kaffeeküche vorbeigelaufen, als mich dieser Satz innehalten ließ. Ich konnte niemanden erkennen, da die Tür fest geschlossen war, aber den Stimmen nach zu urteilen, handelte es sich um die Chefsekretärinnen von Dr. Hansen und Prof. Schubert. Ich war also die Nächste. Irgendwie hatte ich es befürchtet. Fünf lange Jahre war ich nun bei Hansen & Schubert als Sachbearbeiterin beschäftigt, und es machte mir Spaß. Ich hatte nicht viel Verantwortung, aber die Arbeit war abwechslungsreich und interessant. Seit ein paar Monaten allerdings kursierten da Gerüchte, die Firma sei finanziell in Schieflage geraten. Anschaffungen, die lange geplant waren, wurden nicht ausgeführt und immer häufiger gab es Meetings mit Geschäftspartnern aus aller Welt, die ich noch nie zuvor im Hause gesehen hatte. Nun wurde mir einiges klarer. Niedergeschlagen ließ ich mich auf meinen Bürostuhl plumpsen.

„Oh Tanja, das ist ja schön, mal wieder von dir zu hören. Wie geht's denn so?", kam mir die trällernde Stimme meiner Mutter fröhlich aus dem Hörer entgegen.

„Ich muss mir einen neuen Job suchen", entgegnete ich düster.

„Das darf doch nicht wahr sein. Was ist passiert?" Jetzt klang meine Mutter nicht mehr so fröhlich.

„Naja, der Firma geht es nicht so gut. Schade eigentlich, ich habe mich dort sehr wohl gefühlt." Als ich die Tatsachen ausgesprochen hatte, wurde mir nochmals die Tragweite der Situation bewusst und ich musste den Kloss in meinem Hals herunterschlucken.

„Oh weh, das tut mir leid. Hast du schon eine Idee, wo du dich bewerben möchtest? Bei Heckelmann suchen sie Personal. Das stand heute in der Zeitung.“

Typisch meine Mutter, gleich wieder in Aktion und überhaupt, in der Zeitung inserierte doch heute kaum eine Firma mehr. Ich würde mich wieder stundenlang durch Internetportale schlagen müssen.

„Tanja, bist du das?“

Ich war wie jeden Samstag auf dem Markt unterwegs gewesen und drehte mich jetzt erstaunt um. „Hallo Steffi, lange nicht gesehen. Ich dachte, du wolltest nach Hannover ziehen und dort ein Café eröffnen.“

Ich erinnerte mich noch genau an das Vorhaben, was sie uns vor fünf Monaten noch in den schillerndsten Farben präsentiert hatte. Es sollte nicht irgendein Café werden, nein, eine Buchhandlung sollte noch mit angegliedert sein, so dass die Gäste bei Kaffee und Kuchen auch die neuesten Bestseller und sonstige Bücher genießen könnten. Das Konzept hatte mir damals sehr gut gefallen und mich seitdem irgendwie beschäftigt. Die Idee hatte in meinem Inneren etwas zum Klingen gebracht, was im Alltag dann aber wieder verhallt war.

„Ja, es kommt leider im Leben nicht immer so, wie man es sich vorstellt. Hast du etwas Zeit? Holen wir uns einen Kaffee und ich erzähle dir alles.“

Gesagt getan. Wenige Minuten später saßen wir in meinem Lieblingscafé um die Ecke und genossen zwei herrliche Latte Macchiato mit Schoko Crêpes. „Also, was ist denn nun passiert?“, fragte ich neugierig.

„Stell dir vor – ich hatte schon fast alle Zelte hier abgeschlagen, und da informiert mich doch dieser dämliche Vermieter in Hannover, dass er die Räumlichkeiten jetzt doch an eine dieser Kettengeschäfte vermieten will. Ich war am Boden zerstört, wie du dir vorstellen kannst. Deshalb habe ich mich auch bei niemandem gemeldet. Ich musste das erst einmal verarbeiten und mich neu orientieren."

„Mir geht es ähnlich." Seufzend erzählte ich Steffi von meiner drohenden Kündigung.

„Aber das ist doch fantastisch!", sagte sie.

Ich starrte sie entsetzt an. Mit funkelnden Augen berichtete Steffi davon, dass sie passende Räumlichkeiten in Wiesbaden gefunden hätte und noch auf der Suche nach einer Partnerin sei, die die buchhalterischen und finanziellen Angelegenheiten übernehmen könnte. Die ideale Aufgabe für mich.

„Sie wollen kündigen?", verständnislos blickte mich Dr. Hansen an. „Das ist aber schade. Gefällt es Ihnen nicht mehr bei uns? Wir können doch sicher darüber reden."

Den ganzen Morgen war mir schon mulmig zu Mute gewesen. Ich hasste Gespräche mit dem Chef außerhalb der firmenbezogenen Themen und war auch nicht sehr redegewandt. „Nun ja, mir ist zu Ohren gekommen, dass demnächst sowieso Kündigungen anstehen, und da wurde mir durch Zufall ein sehr interessantes Projekt angeboten", sagte ich stotternd.

„Kündigungen, bei uns? Davon weiß ich nichts. Wie kommen Sie denn darauf?" Dr. Hansen war ehrlich erstaunt. „Nun gut, eigentlich wollte ich erst nächste Woche alle davon unterrichten, aber wo Sie jetzt schon einmal hier sitzen. Wir werden expandieren und neue Büroräume beziehen. Prof. Schubert und ich haben in den letzten Monaten einige neue Kunden und entsprechende Geschäfte an Land gezogen. Für Sie haben wir eine ganz neue Position angedacht. Sie sollen unsere neue Abteilung Neuakquisitionen führen."

Mir wurde ganz schlecht, das hatten also Fräulein Dengler und Frau Schmitke gemeint, als sie sagten, ich sei die Nächste. Die nächste Mitarbeiterin, die befördert würde. „Wir möchten Sie wirklich nicht als Mitarbeiterin verlieren, Frau Kunze. Denke Sie doch noch einmal darüber nach. Wir können auch über Ihr Gehalt sprechen."

„Hallo Tanja, Liebes, wir haben so lange nichts von dir gehört? Was macht denn dein neuer Job?"

„Oh, danke der Nachfrage, Mama, aber welchen meinst du?" Ich konnte mir bildlich vorstellen, wie meiner Mutter gerade das Gesicht zu einem Fragezeichen verrutschte und musste grinsen. „Also, bei Hansen & Schubert läuft es prächtig – ich bin befördert worden und das Café läuft auch vielversprechend an."

„Welches Café? Jetzt verstehe ich gar nichts mehr", antwortete meine Mutter mit verwunderter Stimme. Das Telefonat dauerte ein bisschen länger, als meine Mutter sich das wohl vorgestellt hatte, aber der Erklärungsbedarf war doch recht hoch. Sie äußerte zwar danach Bedenken, ob zwei Jobs nicht ein bisschen viel wären, aber schließlich konnte ich sie davon überzeugen, dass mich beide Beschäftigungen glücklich machten. Durch einen Zufall war ich zu zwei Projekten gekommen: eines, was mich fachlich forderte und ein zweites, von dem ich schon lange geträumt hatte. Die perfekte Ergänzung.

Die Gardinenwacklerin
Karola Teichen

Allein schon wegen der Helligkeit habe ich die Gardinen im Wohnzimmer nie zugezogen. Der kleine Reihenhausgarten hat die Jahreszeiten dadurch in das Wohnzimmer gebracht und es optisch erweitert. Die Leute gegenüber waren berufstätig und ihre größer werdenden Kinder die meiste Zeit unterwegs. Und wenn sie da waren, gab es manchen Schwatz über den Gartenzaun. Wir wussten uns gegenseitig zu schätzen, haben einander geholfen und auch das eine oder andere Bier auf der Terrasse miteinander getrunken. Dann kam die Scheidung. Zuerst zog er aus, ein paar Monate später sie mit den Kindern und dem Schäferhund. Das Haus war zu teuer geworden.

Und jetzt sind meine Vorhänge immer zugezogen. Das kam so: Zuerst haben die neuen Käufer wochenlang renoviert, alle Böden rausgerissen, die Fliesen erneuert, die Fenster, die Haustüre und zum Schluss das Dach. Dann kamen Gärtner und haben rumgewühlt. Vor unserem Gartentor lagen Werkzeuge, Leitern, Balken, Ziegel.

Mehrmals musste ich darum bitten, den Ausgang frei zu lassen. Mit der Zeit wusste ich, wer von den vielen, die da ein- und ausgingen, die Neuen sind. Er ist Installateur. Sie arbeitet in Idstein in der Klinik. Ich habe versucht, mich vorzustellen und ein paar Worte mit ihr zu wechseln. Ja, sogar zum nachbarlichen Kaffeeklatsch an meinem Geburtstag habe ich sie eingeladen, weil ich dachte, da kommen wir leichter in Kontakt. Sie hat abgelehnt mit der fadenscheinigen Ausrede, ihre Mutter käme vorbei und wolle im Garten beim Umgraben helfen. Da könne sie nicht weggehen.

Ich habe aufgepasst, als ich mit meinen Gästen im Garten saß. Es stimmte nicht.

Aber die inzwischen notdürftig aufgehängte Gardine im Bad im ersten Stock bewegte sich immer wieder und Madame schaute auf uns herunter. Hoffentlich wurde sie neidisch, denn wir hatten einen fröhlichen Kaffeeklatsch und Kuchen vom Feinsten.

Seitdem bewegt sich immer wieder eine ihrer Gardinen bzw. die Lamellen der Rollos werden vorsichtig auseinandergehalten. Ich muss zugeben, dass mir ihre Rollos gefallen. Sie hat an jedem Fenster andere: in der Küche auch Lamellen, im Arbeitszimmer Raffrollos, im Bad und auf der Toilette scheinen es eingeklemmte Rollos zum Nach-oben-oder-unten-Schieben zu sein, die sie täglich ändert. Am liebsten hätte ich auch solche. Aber fragen, woher sie die hat, traue ich mich nicht, lieber würde ich mir die Zunge abbeißen, zumal ich sie ja nie sehe, ich ahne sie ja nur beim Gardinenwackeln.

Da, schon wieder linst sie hier rüber! Was sie nur wissen will von mir. Ich habe nichts zu verbergen. Mein Mann kann eigentlich auch nicht so sehr attraktiv für sie sein, wenn er ab und zu mühsam mit dem Rollator draußen vorbeischiebt.

Ich habe sooooo einen dicken Hals. Jetzt hat es angefangen, zu regnen. Es ist trübe. Im Wohnzimmer ist es auch dunkler geworden. Ich werde die Vorhänge aufziehen, damit es heller im Raum wird und wenn ich die Frau wieder beim Beobachten entdecke, werde ich meine Zunge ganz weit zu ihr rausstrecken oder noch besser meine Hose runterlassen und meinen nicht mehr ganz knackigen Hintern zeigen. Ja, das mach ich und freu mich schon darauf.

Eine geschlagene halbe Stunde lungere ich inzwischen schon hinter dem Fenster rum, aber drüben hat sich noch nichts gerührt. Ich bin durstig geworden und hole mir in der Küche eine Flasche Wasser. Da klingelt es an der Haustüre. Ich öffne: Die Nachbarin! Mit hochrotem Kopf faucht sie mich an: „Warum beobachten Sie mich seit wir eingezogen sind? Was soll das?"

Weg
D C Hubbard

Vermisst, verloren, verschwunden,
Wenn wir das alles nur verstünden.
Verlegt, verschlampt, verzogen,
Ich schwüre, es ist nicht gelogen,
Dass auch *ich* war jemand jünger,
Cleverer und dünner.
Leider ging's nicht auf die Dauer.
Zeit war mir auf der Lauer.
Der Körper kennt keine Treue.
Die Jahre fingen Feuer,
Sind in Flammen aufgegangen,
Half auch nicht das Bangen.
In der Tiefe meiner Seel',
Daraus mach ich nun kein Hehl,
Gewisse Teile meines Lebens
Die suche ich jetzt vergebens.

Freundschaft
Gisela Horstmann

Meine Freundin vom Bodensee, das war ein oft gehörter Satz, wenn wir zwei uns trafen.

„Wir, Nummer 1", das war ich und „wir, Nummer 2", das war meine erste Bekannte im fremden Land Hessen, in das wir vor kurzem gezogen waren.

Ich, eine Deutsche, zwanzig Jahre jünger als sie, eine Holländerin oder korrekter eine Niederländerin.

Von ihr also der immer wiederkehrende Satz: Meine Freundin vom Bodensee, ihr Zentrum, um das ihr Leben kreiste.

Sie telefonierten häufig, besuchten sich wechselseitig häufig, schrieben häufig lange Briefe, lebten das Leben der anderen begeistert mit, waren froh, sich mal wieder unbeschwert in ihrer Muttersprache unterhalten zu können, da die Freundin ebenfalls Niederländerin war. Auch Krankheiten und andere Malaisen wurden durch gemeinsames Durchleben, allerdings an weit auseinanderliegenden Orten, erträglicher.

Ihre Freundschaft war nach dem Krieg entstanden, als beide wegen unguter NS-Vergangenheit im neuen demokratischen Deutschland „einsaßen".

Der Gefängnisaufenthalt dauerte allerdings nur kurze Zeit, weil ihre „Verbrechen" während des tausendjährigen Reiches dann doch als nicht staatsgefährdend eingestuft wurden. Er dauerte aber lange genug, um ein sicheres Fundament für ihr gemeinsames Weiterleben zu gründen, wenn auch durch halb Deutschland getrennt. Eine Rückkehr in ihr Heimatland war beiden aus Gründen, die ich vergessen habe, nicht möglich.

So erfreuten sie sich ihrer Freundschaft viele Jahre, und wie gesagt, jedes Mal, wenn wir uns trafen, kam Neues von der Freundin am Bodensee garantiert mehrfach vor.

Wieder einmal war ich zu einem holländischen Nachmittag bei meiner Bekannten eingeladen. Schon beim Öffnen der Haustür spürte ich, dass etwas mit ihr nicht stimmte. Sonst strahlte sie mich an und versprühte positive Energie bei der Begrüßung, aber heute war sie „neben der Kapp", wie der Hesse zu sagen pflegt.

Erst nach der zweiten Tasse Tee und dem dritten Stück Rosinenstuten rückte sie mit dem Grund ihrer Verstimmung heraus:

„Meine Freundin vom Bodensee hat mir einen Brief geschrieben, in dem sie mir mitteilt, dass sie nächste Woche in ein Altenheim im Allgäu umzieht. Ihr Haus am Bodensee ist bereits verkauft, das Mobiliar verschenkt. Ihre neue Adresse wird sie mir nicht mitteilen, denn sie beendet mit diesem Umzug auch unsere Freundschaft. Ich hätte sie ihr ganzes Leben lang gegängelt, ständig herumkommandiert und ihr mit meinen dauernden Ratschlägen und Einmischungen das Leben zur Hölle gemacht. Ihre restlichen Jahre wolle sie endlich in Freiheit verbringen."

Schweigen

Ich war zu bestürzt über diese Beichte und konnte keinen klaren Gedanken fassen. Jetzt sofort irgendwelche Ratschläge zu der Krise zu äußern, wäre ja genau das, was die Freundin lange Jahre so gepeinigt hatte. Ein *das-tut-mir-leid* war alles, was ich endlich herausbrachte.

Vier Jahre später, nach dem Tod ihres Mannes, zog meine Bekannte in ein Altenheim nach Essen. Mit den vielen Frauen aus unserem Städtchen, die mit ihr befreundet gewesen waren, wollte sie nach ihrem Umzug keinen Kontakt mehr haben. Auch unser Briefwechsel schlief zu meinem großen Bedauern nach kurzer Zeit ein. Wie ihre Freundin vom Bodensee verbrachte sie ihre letzten Jahre ohne eine lange vertraute Freundschaft.

Abend am Meer
Marietta Wollny

Schwarz und schwer
Steigen die Wolken hinter die unruhig schäumenden Wellen
Besiegen den Tag und übergeben der Dunkelheit die Herrschaft
Die schleicht über das Wasser
Über das raschelnde Strandgras
Und fängt die Menschen in der Dämmerung
Unerwartet und ahnungslos tagträumend

Magie
Ruth-Inge Rolke

Als ich noch ein Kind war, nahmen mich meine Eltern mit ins Wiesbadener Varieté, das „Scala" hieß und in der Dotzheimer Straße lag. Sie dachten, weil es eine Nachmittagsvorstellung ist, könnte es mir, dem aufgeweckten Mädchen, nicht schaden, so eine bunte Revue zu erleben.

So fieberte ich die ganze Woche auf den Sonntag hin und war kurz nach dem Mittagessen, schon fertig angezogen und ging mit meiner ewigen Fragerei meinen Eltern auf die Nerven: „Wann gehen wir denn endlich los?"

Die ganze Zeit hopste und sprang ich in der Wohnung herum vor Vorfreude auf den bunten Nachmittag, den ich früher schon mal mit meinen Eltern besuchen durfte.

Endlich war es dann soweit, und wir machten uns auf den Weg. Wir betraten den großen Saal und setzten uns an die kleinen Tische, die überall standen. Vater bestellte Getränke, und ich bekam eine Zitronenlimonade, die damals im Jahre 1939/40 noch aus frischen Zitronen zubereitet wurde.

Es war ein spannender Moment für mich, als das Licht langsam dunkler wurde, und ein Mann im Frack vor den rotschimmernden Vorhang trat, um die Gäste herzlich willkommen zu heißen. Er erzählte von den weltberühmten Künstlern und Artisten, die das „Scala" engagiert hätte, um uns mit ihrer Kunst zu erfreuen, und kündigte die erste Nummer an.

Fünfzehn junge Damen, in wunderschönen Kostümen, tanzten zu einer flotten Musik und wirbelten über die Bühne, so dass ich von dem Rhythmus mitgerissen wurde. Ich konnte meine Füße kaum stillhalten. Da wusste ich sofort: „Ich werde Tänzerin"!

Es folgte ein Jongleur, der weiße Kegel in die Luft warf und sie geschickt wieder auffing oder mit vielen Bällen jonglierte. Dann folgte ein so genannter „Witze" Erzähler. Meine Mutter regte sich höllisch auf, weil diese Witze nichts für Kinder seien, und wollte mir die Ohren zuhalten. Dann merkte sie, dass die Witze recht harmlos waren, denn sie musste lachen und ich lachte mit. Vielleicht war das der Anlass, dass ich bis heute gerne gute Witze mag.

Der Höhepunkt an diesem Nachmittag war ein Zauberer, oder Magier, wie mein Vater mir sagte, und mich bat, ich solle gut aufpassen. Das tat ich dann auch. Zuerst wurde die Assistentin des Magiers in eine Kiste gesteckt, die in der Mitte durchgesägt wurde. Mein Herz pochte wie wild, und ich schlug die Hände vor mein Gesicht, denn ich dachte, dass sie tot sein müsse. Als die Leute aber klatschten und ich meine Augen wieder öffnete, sah ich die Assistentin winkend neben dem Magier stehen. Er zeigte auch Karten-Kunststücke und holte Menschen aus dem Publikum auf die Bühne, denen er die Armbanduhr heimlich abnahm oder die Geldbörse klaute. Oder er sagte ihnen, dass sie komische Dinge machen sollten von denen sie hinterher nichts mehr wussten.

Mein Vater war begeistert! Wieder zu Hause angekommen, wollte er gleich etwas mit mir ausprobieren. Er stellte mich in der Küche an die Wand und erklärte mir, er wolle mich jetzt verzaubern, aber nur so zum Spaß. Meine Mutter zweifelte an seinem Verstand, wurde richtig böse. Er sagte ihr, um sie zu beruhigen, dass doch am nächsten Sonntag Onkel Paul sich angesagt hätte, der ein alter Besserwisser sei. Ihm wollte er, mit meiner Hilfe, einen Streich spielen.

So probten wir die ganze Woche abends, wenn mein Vater vom Dienst nach Hause kam. Mir war das nur recht, denn so konnte ich länger aufbleiben.

Vater stellte mich an eine Wand, starrte mich mit aufgerissenen Augen an, fuchtelte mit seiner Hand vor meinem Gesicht herum, und murmelte dabei ein paar undeutliche magische Worte. Dabei sollte ich so tun, als ob ich verzaubert wäre, und langsam meine Augen schließen, als ob ich eingeschlafen sei.

Dann nahm er einen Arm von mir, hob ihn hoch und ließ ihn los. Ich ließ ihn fallen, als ob ich völlig willenlos sei und keine Kontrolle über meinen Körper hätte. Das machte er auch mit dem anderen Arm und mit den Beinen. Das war aber viel schwieriger. Denn wenn er ein Bein anhob, verlor ich die Balance. So presste ich meinen kleinen Körper fest an die Wand und behielt so mein Gleichgewicht. Auch meinen Kopf drehte er nach rechts und nach links. Zum Schluss musste ich mich ganz steif machen, denn er kippte mich nach vorne, um mich mit seinen starken Armen aufzufangen.

Er sagte immer wieder: „Vertrau mir!" Und ich tat es.

Es gehört viel Mut dazu, sich mit geschlossenen Augen vorwärts fallen zu lassen. Bei ihm hatte ich die Gewissheit, aufgefangen zu werden. Diese Übung des Vertrauens hat mein weiteres Leben stark geprägt.

Dann war Sonntag und Onkel Paul kam. Er saß bei der Vorstellung mit offenem Mund da und konnte nicht glauben, was er sah. Er wollte alles genau wissen, aber Vater und ich haben nichts verraten.

Für mich war das allerschwierigste bei dem ganzen Spaß: nicht zu lachen. Denn mein Vater sah zu komisch aus, als er versuchte ein Magier zu sein.

Die wundersame Wandlung
Yvonne Proske

„Ich mache mir wirklich Sorgen, der Junge wird das Jahr nicht packen, wenn er nicht endlich anfängt, die Schule ein bisschen ernster zu nehmen." Genervt lehnte sich Jochen gegen den Küchentisch.

„Was kann ich denn dafür", entgegnete Jutta gereizt. „Er ist sechszehn, und die letzte Person auf dieser Welt, auf die er hört, bin ich."

„Vielleicht sollte ich mal mit ihm reden, oder denkst du, wenn wir Computerverbote aussprechen, kommen wir weiter?" Jochen kratzte sich ratlos am Hinterkopf.

„Du machst wohl Witze", sagte Jutta mit einem gehörigen Spritzer Ironie in der Stimme. „Diese Art von Einflussnahme ist uns schon lange durch die Lappen gegangen. Wenn er hier nicht an den Computer kann, geht er zu seinen durchgeknallten Kumpels. Wäre dir das lieber?"

„Nein, natürlich nicht", resigniert begann Jochen, das Geschirr in die Schränke zu räumen. „Aber irgendetwas müssen wir doch tun."

„Hey, Daniel, wie geht's, wie steht's?" Freundschaftlich knuffte Jens seinen Freund in die Seite.

Die große Pause war in vollem Gange und Daniel hatte sich etwas abseits an einen Baum gelehnt. Erschrocken fuhr er hoch.

„Mann, wo warst du denn mit deinen Gedanken. Tschuldigung, ich wollte dich nicht erschrecken." Überrascht starrte ihn Jens an. So kannte er Daniel gar nicht, so abwesend. Das war ihm schon seit einiger Zeit aufgefallen. Irgendetwas beschäftigte Daniel, der sonst so cool und lustig drauf war. Komisch, ansonsten sprachen sie doch auch immer über alles. Vielleicht gab es ja Stress zu Hause. Die letzten Arbeiten waren nicht gerade super für Daniel gelaufen, das hatte Jens schon mitbekommen. „Also, wenn ich dir mit der Schule helfen kann, dann lass es mich wissen …", schlug er also vor.

„Nein, schon gut", erwiderte Daniel kurz angebunden und ließ Jens einfach stehen.

„Anna, heraus mit der Sprache: Wer ist es?" Schon seit Tagen strich Jasmin neugierig um ihre Freundin herum. „Komm schon, du bist über beide Ohren verliebt, das sieht doch jeder, und mir, deiner besten Freundin, willst du etwas vormachen?" Sie verzog gespielt beleidigt die Mundwinkel.

„Du lachst bestimmt nur, wenn ich es dir sage", gab Anna gequält zurück. Der Junge, in den sie sich verguckt hatte, war nicht gerade der coolste Typ an der Schule. Bisher war er ihr gar nicht groß aufgefallen, aber vor ein paar Wochen hatten sie gemeinsam klassenübergreifend an einem Projekt gearbeitet und irgendwie ging ihr seit dem dieser schüchterne Junge mit den stechend blauen Augen und den wuscheligen blonden Haaren, die ihm immer irgendwie wirr ins Gesicht fielen, nicht mehr aus dem Kopf.

„Ich würde nie über dich lachen, und das weißt du auch", empörte sich Jasmin. „Jetzt sag schon", drängelte sie.

„Daniel!" Jutta rief schon das zweite Mal seinen Namen. „Komm doch mal runter." Endlich erschien ihr Sohn auf der Treppe.
„Was gibt's?"
Als ob er das nicht wüsste, dachte Jutta genervt. „Ich muss heute Abend zu deinem Klassenlehrer. Also, was liegt an?"
„Keine Ahnung", stammelte Daniel.
„Ja klar. Du, ich habe keine Lust, vor Herrn Wagner zu sitzen und nicht zu wissen, worum es geht. Ich möchte, dass du mir jetzt

sagst, was Sache ist. Du bist in letzter Zeit so verschlossen. Hockst nur noch in deinem Zimmer. Keine Ahnung, was du da treibst. Ich habe auch schon ewig keine Arbeit mehr von dir zu Gesicht bekommen."

„Ich weiß es wirklich nicht. Du wirst es schon überleben", sagte Daniel, drehte sich um und ging zurück in sein Zimmer.

Super, dachte Jutta bei sich, na dann, ab in den Kampf.

„Ah, Frau Claussen, schön Sie zu sehen." Herr Wagner reichte Jutta beherzt die Hand.

"Ja, ich freue mich auch, Sie zu sehen", antwortete Jutta weniger selbstbewusst. Komischerweise fühlte sie sich immer wie ein Schüler, der an die Tafel gerufen wurde, wenn sie es mit einem Lehrer zu tun hatte. Dieser Berufszweig jagte ihr immer sehr viel Respekt ein.

„Sie können sich sicher vorstellen, warum ich Sie um ein Gespräch gebeten habe", begann Herr Wagner.

Nein, das konnte sie nicht, und sie wollte es auch eigentlich gar nicht wissen, obwohl, besser, die schlechte Nachricht war raus, als dass sie noch länger darüber grübeln musste.

„Also, ich habe Daniel für die Teilnahme am deutschlandweiten Mathewettbewerb in Gießen vorgeschlagen. Er ist zurzeit mein bester Schüler in diesem Fach. Die ganze Sache wird wie folgt ablaufen…"

Herr Wagner erzählte und erzählte, aber Jutta war zu erstaunt, um ihm zu folgen. Nach einer Weile hatte sie sich gefasst und fragte vorsichtig „Wir reden hier von Daniel, meinem Daniel? Nämlich wenn das so ist, verstehe ich hier etwas nicht so ganz. Vor einem halben Jahr war Daniel wegen Mathe noch versetzungsgefährdet, und jetzt soll er plötzlich zum Mathegenie mutiert sein? Das kann ich nicht ganz nachvollziehen."

"Ja, ehrlich gesagt, geht es mir ähnlich, Frau Claussen. Eigentlich ist es wie ein Wunder. Entweder liegen Daniel die Themen der letzten Monate mehr als die zuvor, oder – wovon ich eher ausgegangen war – bekommt er seit einiger Zeit Nachhilfe." Jetzt blickte auch Herr Wagner fragend drein. „Auf jeden Fall ist sein Interesse für dieses Fach seit einiger Zeit immens und das zeigt sich eben auch in seinen Noten. Was auch immer da passiert ist, es handelt sich um eine dramatische Wende zum Positiven. Ich bin übrigens nicht der einzige im Kollegium, dem dies aufgefallen ist. Auch die Deutschlehrerin, Frau Schuster und Herr Teilmann, der Englischlehrer, sind von Daniels 180° Wende begeistert."

Jutta kam aus dem Staunen nicht mehr heraus. Es musste sich tatsächlich um ein Wunder handeln.

„Aber, vielleicht sollten wir das Ganze nicht hinterfragen. Jungs in der Pubertät sind ja bekanntlich sehr sensibel. Freuen wir uns einfach und kommen zurück zu diesem Mathewettbewerb."

Den Rest des Gesprächs hatte Jutta nur noch bruchstückhaft in Erinnerung.

„Daniel Claussen, der aus der 9B?" Verständnislos blickte Jasmin ihre Freundin Anna an. „Das ist nun wirklich eine Überraschung. Du könntest jeden haben und du suchst dir ausgerechnet Daniel Claussen aus?"

„Ich wusste, dass du es nicht verstehen würdest, aber weißt du was, ich finde ihn gut. Er ist sensibel, gutaussehend, man kann sich mit ihm über alles möglich unterhalten, und ziemlich schlau ist er noch zudem. Er wird demnächst am Mathewettbewerb teilnehmen."

„Ja, ja, ich weiß, so etwas imponiert dir, wenn einer schlau ist. Ehrlich gesagt, habe ich bisher nicht allzu viele Gedanken an ihn verschwendet. Vielleicht ist er ja wirklich ganz okay. Wenn du ihn so toll findest, muss es ja so sein", sagte Jasmin lächelnd und nahm ihre beste Freundin in die Arme. „Ich freue mich sehr für dich."

„Mein Sohn hat den zweiten Platz im deutschlandweiten Mathewettbewerb gemacht – genial." Jochen tätschelte Daniel kumpelhaft die Schulter.

„Ja, ja, wenn er brilliert, ist er dein Sohn, und wenn nicht, ist er meiner." Lächelnd legt Jutta einen Arm um ihren Sohn. „Ich weiß, es hört sich spießig an, aber wir sind wirklich sehr stolz auf dich."

Verlegen blickte Daniel zu Boden.

„Das müssen wir feiern", erhob Jochen die Stimme. „Ich lade euch zum Essen ein. Wo wollen wir hingehen?"

„Ähm, ich habe da noch eine Verabredung", stotterte Daniel und rannte über die Straße.

Jochen und Jutta sahen von weiten ein braunhaariges Mädchen, aber da waren sie und Daniel schon um die Ecke verschwunden. „Wer war die Kleine? Die kommt mir irgendwie bekannt vor." Jochen verrenkte sich den Hals.

„Ich glaube, sie heißt Anna, ist der Schulschwarm und geht in die 9D", erwiderte Jutta verwundert. Jochen hakte nicht weiter nach.

„Okay, Liebling, dann feiern wir eben alleine. Ich wüsste trotzdem nur zu gerne, was diesen unglaublichen Wandel in unserem Sohn hervorgerufen hat."

„Nicht was, sondern wer", murmelte Jutta. „Aber manche wunderbaren Dinge sollte man wohl einfach hinnehmen und nicht versuchen zu erklären." Sie zwinkerte ihrem verdutzten Mann zu und zog ihn zurück ins Haus.

Anbetung
Marietta Wollny

Ich bete die letzte Rose an,
deren verstecke Knospe im fast kahlen Garten wuchs.
Die Farbe so zart wie der Nebelschleier des Novembertages
Weich und kalt gehüllt wie in Watte.
Meine Finger tasten über die Dornen,
die mich hindern sollen,
die samtweichen Blütenblätter anzufassen,
als wenn ich sie abreißen wollte, um abzuzählen.
Er liebt mich, er liebt mich nicht.
Nein, er hat aufgehört mich zu lieben.
Ich bete die letzte Rose an,
liebt sie mich, liebt sie mich nicht?
Verwelken wird sie.
Ich bete die letzte Rose an
und denke nicht an morgen.
Samtweiche Blütenblätter
Lachsrosa mit leichtem Duft
Wie Zitronen im Paradiesgarten
Aus dem ich vertrieben wurde.
Ich beiße fest in die Frucht der Erkenntnis.
Ende der Liebe.
Mein Weg ist steinig und voller Disteln und Dornen
Wie die Prophezeiung es sagte
Und mit Schmerzen gebäre ich die Wahrheit.
Wie man eine Zwiebel schält,
Schicht für Schicht.
Tränen fallen wie Tropenregen.
Ich bete die letzte Rose an.

November 2011 (für Kerstin)

Weihnachtsmarkt in Bad Camberg
Karola Teichen

Morgen ist der erste Advent. Ich fahre durch die Straßen, über die tausende von Lichtern gespannt sind: schön und festlich anzusehen. Auf dem Weihnachtsmarkt dann wird mir es richtig warm ums Herz: Stände, die für soziale Zwecke verkaufen. Die Initiatoren haben das ganze Jahr gebastelt. Es gibt Holzsterne, Adventskränze, vielfältigen Christbaumschmuck, Puppen, Mützen, handgestrickte Strümpfe, selbstgemachte Marmelade und vieles mehr. Weihnachtliche Musik tönt aus Lautsprechern von Jingle Bells über White Christmas bis zu Stille Nacht.

Ein kleiner Chor tritt auf. Sie singen *„Seht die gute Zeit ist nah. Gott kommt auf die Erde…"*. Ein Sänger kann nicht stehen. Er sitzt auf einem Stuhl und singt mit Tränen in den Augen, *„Er kommt und ist für alle da, kommt, dass Friede werde!"* Zuerst summe ich mit, dann singe ich sogar laut und schunkele ein bisschen: *„Fröhliche Weihnacht überall"*.

Die Leute um mich her schwatzen, trinken Glühwein, genießen das Rumbummeln, haben halb- oder ganzvolle Einkaufstaschen. Es duftet nach Lebkuchen. Ich beiße aber in eine große Bratwurst, rede mit Hinz und Kunz, fühle mich sauwohl.

Jetzt spielt auch noch das Blasorchester der Kreismusikschule *„Tochter Zion, freue dich"*. Und während ich der Musik lausche, betrachte ich einen wunderschönen Rauschgoldengel, der schräg vor mir an der Bude des Roten Kreuzes baumelt. Soll ich den kaufen und an die Spitze unseres Weihnachtsbaumes hängen? Nanu, was ist das? Der Engel schaut mich an und spricht zu mir. Ja, er kann nur mich meinen. Neben mir steht keiner.

Er sagt, *„Es fehlt ein Ton vor Gottes Thron und das ist deiner."*

Bin ich erschrocken! Und aufgerüttelt denke ich: „O guter Gott, auch ich bin eine Mitläuferin, eine Mitmacherin bei dem süßlichen Weihnachtstingeltangel. Dabei wollte ich mich doch in diesem Jahr ganz bewusst auf deine Ankunft vorbereiten. Danke für den Fingerzeig!"

Anstatt nach Hause zu gehen und dort zu werkeln, zu backen und Päckchen zu verschnüren, gehe ich zu dem kleinen Chor, der ein neues Lied anstimmt und singe froh mit:

„Lobt Gott, ihr Christen, alle gleich in seinem höchsten Thron, der heut schließt auf sein Himmelreich und schenkt uns seinen Sohn..."

Neujahr
Ulrike Janisch

Da ist es nun, das neue Jahr…
Kleinlaut und fremd kommt es daher.
Der neue Kalender, dick und leer,
Katerstimmung, leerer Kopf und leeres Herz…
Was bringen Januar, Februar und März?

Da ist es nun, das neue Jahr…
Es fängt ganz klein und langsam an,
wie ein Schneeball bei einer Lawine.
Dann wird es immer schneller, wie eine Höllen-Maschine,
die man nicht stoppen kann.
Meine Zeitnot sieht man am Wandkalender,
im November zeigt er noch das Bild vom September.

Dann kommt das Jahresende und alles soll noch fertig sein,
für Weihnachten kauf ich noch schnell Geschenke ein.
Ich nehme die Zeit gar nicht mehr wahr,
alles rast um mich herum.
Das Jahr hat seinen Höhepunkt, dann Katerstimmung, leeres Herz…
Bleibt fort, Januar, Februar und März.

Da ist es nun, das neue Jahr,
Was soll ich nun beginnen?
Der Vorsatz jedenfalls ist da, mich besser zu besinnen,
den Fluss der Zeit besser zu erfühlen.
Na, ich werd' erst mal die Silvester-Gläser spülen.

Frau Elisabeth Lanz
D C Hubbard

„Entschuldigung, aber…äh…sind Sie Frau Lanz? Frau Elisabeth Lanz?"

Ich schaute von meiner Lektüre auf. Neben mir stand ein hochgewachsener, schlanker Mann im nassen Regenmantel, der mich mit einem großen Fragezeichen in den Augen anschaute. In einer Hand hielt er einen triefenden Regenschirm, in der anderen seine beschlagene Brille. Erst nach einem Moment antwortete ich etwas verdutzt. „Nein, nein, bin ich nicht. Ich muss Sie leider enttäuschen."

„Ich bitte Sie vielmals um Entschuldigung", sagte er und entfernte sich rückwärts von mir, als ob er sich aus der Gegenwart einer Hoheit verabschiedet. Er drehte sich dann im Kreis und schaute sich im Café um, vermutlich auf der Suche nach anderen Kandidatinnen. Als sich niemand fand, zog er seinen Regenmantel aus, hing ihn auf den nächsten Kleiderständer und setzte sich an einen kleinen Tisch, von wo aus er einen direkten Blick auf die Eingangstür und ich auf sein Profil hatte.

Als die Kellnerin kam, bestellte er nur eine Tasse Kaffee. Falls diese Frau Lanz nicht auftauchte, dachte ich mir, würde er nicht lange bleiben wollen. Er zog den Jackett-Ärmel am linken Handgelenk zurück, um auf seine Armbanduhr zu schauen. Ich tat dasselbe. Es war wenige Minuten nach drei. Die Anspannung seines Kiefers verriet seine innere Unruhe. Jedes Mal, wenn sich die Tür öffnete, reckte er seinen Oberkörper vor, um genauer hinzuschauen. Immer wieder traten nur ältere Herrschaften ein. An so einem verregneten Sonntagnachmittag im Oktober ging die Tür öfters auf. Viele Schaufenster-

Bummler flüchteten in die gemütliche Wärme des Dom-Cafés, um wohl mit Kaffee und Kuchen die herbstliche Tristesse zu vertreiben.

Ich beobachtete, hoffentlich unauffällig, den wartenden Herrn. Mit den kurzgeschnittenen dunkelblonden Haaren sah er nicht schlecht aus. Sein Tweed-Sakko stand ihm gut. Die nun geputzte Brille saß wieder auf der Nase und verlieh ihm ein intelligentes Aussehen. Seine Hände hielt er fest zusammengefaltet auf dem Tisch, die Tasse Kaffee blieb unberührt. Ich sah vor mir im Kopf die Kontaktanzeige, die er geschrieben hatte. „Akademiker, Anfang vierzig, sucht eine nette Dame für Museums- und Theaterbesuche und für Wanderungen im Rheingau."

Und nun wartete er auf diese Dame.

Ich konnte seine Lage durchaus nachempfinden. Allein in der Großstadt zu sein war öde. Als meine Scheidung vollzogen war, kehrte ich nach Mainz zurück. Die Hoffnung, dass ich noch 1995 an meine schöne Studentenzeit Anfang der Achtziger anknüpfen könnte, war illusorisch. Die Clique von damals war längst in der ganzen Republik verstreut, und meine Stelle als Grundschullehrerin bot mir kaum Chancen, neue Bekanntschaften zu machen. Insbesondere war die Gattung freilaufender Männer in meinem Revier so gut wie ausgerottet.

Obwohl ich versuchte, meine Augen auf die Buchseiten gerichtet zu halten, war ein Konzentrieren auf den Inhalt undenkbar. Hinter dem Vorhang meiner langen Haare schielte ich verstohlen zu ihm hin. Inzwischen war es halb vier. Er atmete immer wieder tief ein und aus. Seine Geduld schien allmählich am Ende. Er nahm einen Schluck Kaffee. Seinem Gesichtsausdruck nach war der schon kalt. Er blickte erneut auf seine Uhr, dann zu seinem Mantel hinüber, der auf dem Ständer hing.

Jetzt oder nie. Ohne wirklich zu wissen, warum ich es tat, stand ich auf. Mit meiner Handtasche an meine Brust gepresst ging ich auf ihn zu und lächelte ihn vorsichtig an. „Entschuldigung", sagte ich. „Wie wäre es…was wäre, wenn…Sie mir die Frage von vorhin noch einmal stellen würden?"

Nun war er dran, mit offenem Mund verdutzt zu mir hochzuschauen. Dann erhellte ein Lächeln sein Gesicht, das seine Augen zum Leben erweckte. „Frau Lanz? Frau Elisabeth Lanz? Tatsächlich?"

Diesmal nickte ich schüchtern. Er stand auf, um mir einen Stuhl anzubieten.

Ich streckte ihm meine Hand entgegen. „Herr Doktor Jürgen Holzinger? Es freut mich, Sie kennen zu lernen."

Schlussakkord
Karoline Vogelsang

Als ich mit dem schweren Gerätekoffer um die Ecke bog, schwenkten die Köpfe meiner Eltern wie auf Knopfdruck in meine Richtung. In ihren Gesichtern herrschte eine Art Erstaunen, das möglicherweise dabei war, sich in blankes Entsetzen zu verwandeln. Mein Bruder Oliver hatte bereits mit der Berichterstattung begonnen. Mein Name fiel und die vorwurfsvolle Betonung der ersten Silbe traf bei mir sofort einen seit langem angespanntem Nerv direkt unter den Rippen...

*„**Dan**iel, nett, dass du endlich auftauchst!"*

Ich ignorierte seinen Versuch, mir Desinteresse an dieser hochbrisanten Familienkonferenz im Haus unserer Eltern zu unterstellen. Ich war zehn Minuten zu früh – und alle Anwesenden hatten es durch einen Blick auf die Wanduhr mitbekommen, deren Zeiger täglich nach der Telefonansage gestellt wurden.

„Hallo, Mom. Tag, Dad."

Ich lächelte die beiden vorsichtig an, aber Oliver hatte während seines Prologs schon ein erstes, brennendes Strohbündel auf den Scheiterhaufen geworfen, den er für mich aufgeschichtet hatte. Der Name seiner Frau Liza war sicher schon ins Spiel gebracht worden und hatte unsere Eltern in Aufregung versetzt. Ich versuchte, Gelassenheit auszustrahlen, atmete betont langsam ein und aus und begann, ein Verlängerungskabel aus dem Seitenfach meines Koffers zu kramen.

Also, Mom...Dad.."

Oliver nahm den Faden wieder auf.

„Ich habe immer versucht, euch aus dem Konflikt zwischen Daniel und mir, dessen Brennstoff einzig und allein Daniels Neid auf

meine Beliebtheit beim schönen Geschlecht war und ist, herauszuhalten...“

Oliver liebte diese schwülstigen Formulierungen, die er meiner Meinung nach aus Barbara C.'s Romanen zitierte

„Ich wollte niemals, dass ihr euch sorgt, eure beiden Jungs könnten sich einmal wegen einer Frau die Köpfe einschlagen.“

Mom griff nach der Hand unseres Vaters, der ihr einen ratlosen Blick zuwarf.

„Aber Daniel – und es ist sehr schwer für mich, euch das sagen zu müssen – ist zu weit gegangen. Er hat alle naturgegebenen und moralischen Schranken missachtet und hat versucht, meine gutherzige, sensible Liza für sich zu gewinnen. Er hat ausgenutzt, dass ich beruflich so oft unterwegs bin. Ständig hat er sie angerufen und sie angebettelt, sich mit ihm zu treffen! Und so wie es aussieht, ist er dabei nicht ohne Erfolg geblieben...“

Ich hatte kommentarlos zugehört und dabei meinen mitgebrachten Projektor auf den frisch polierten Esstisch gestellt. Das einzige Geräusch in der dramatischen Stille des großen Wohnzimmers war das Einrasten des Gerätesteckers im Bauch des Projektors.

Olivers Gesicht verfinsterte sich. *„Liza hat mir gesagt, dass sie die Scheidung will!“*

„Walter, du meine Güte“! Unsere Mutter war aufgesprungen. Fassungslos starrte sie Dad an und suchte dann in meinem Gesicht nach einem Signal, einer Erklärung.

Ich war getroffen, trieb aber äußerlich unbeeindruckt die Anordnung meiner mitgebrachten Gegenstände voran. Das grelle Licht des Projektors warf ein gleißendes Rechteck auf die weißgetünchte Wand über der Anrichte. Schnell sprang ich hinüber und nahm behutsam die Wanduhr ab.

„Für mich ist die Ehe heilig, Daniel, wie konntest du nur so weit gehen?" Mein Bruder schluchzte auf und schien die Tränen nicht zurückhalten zu können.

Ich holte den Kasten mit den frischgerahmten Dias aus dem Koffer, kippte ihn auf die Seite und schob ihn unter leichtem Rütteln in den Schacht des Projektors. Das Rechteck auf der Wand blieb weiß. Ich legte mir den kleinen Drücker zurecht.

„Daniel, was tust du da eigentlich? Du hast meine Ehe zerstört, unsere Familie entehrt und willst jetzt alte Dias mit uns anschauen?"

Mom wischte sich mit einem ihrer Batist-Taschentücher über die Augen. Dad schüttelte pausenlos den Kopf und wiederholte meinen Namen. Das hatte er früher auch getan, wenn Oliver unseren Altersunterschied ausgenutzt und mich als Übeltäter präsentiert hatte, sobald eines **seiner** Vergehen entdeckt worden war.

Ich schaltete die Stehlampe neben der Anrichte aus, betätigte den kleinen mit dem Projektor verbundenen Schalter und das erste Dia schob sich an der Wand entlang.

Mein Publikum im Wohnzimmer verstummte.

Meine Schwägerin Liza war zu sehen, sie stand im Freien und hielt einen großen weißen Karton hoch.

"Bitte, Oliver, lies uns vor", bat ich meinen Bruder.

Er wusste sofort, was jetzt folgte und rührte sich nicht.

Dad übernahm.

> **Es tut mir sehr leid, aber ich kann nicht mit Oliver verheiratet bleiben.**

Auf Knopfdruck wurde Lizas zweite Nachricht sichtbar.

> **„Oliver hat Affairen, Affairen, Affairen.**
> **Ich habe Daniel um Hilfe gebeten."**

Dads Stimme wurde sehr leise.

Die dritte und letzte Nachricht auf Lizas Kartons las ich selbst
vor:

**„Danke Daniel! PS: Alles, alles Liebe für deine Ver-
lobte und dich. Bitte schickt mir ein Hochzeitsfoto!"**

Was wäre, wenn
Yvonne Proske

Was wäre, wenn wir reisen könnten, ohne unsere Pflichten zu versäumen – einfach so, wie in unseren Träumen? Wir würden an Orte fahren, die wir unter normalen Umständen niemals erreichen könnten, aber würde uns das Freude schenken? Solange wir nicht wissen, was wir versäumen, macht es einfach Spaß, davon zu träumen.

Was wäre, wenn wir reich an Geld und Einfluss wären, was würde sich verändern, wenn wir zu den Reichen zählten? Wären wir glücklicher als bisher – es wäre anders, aber ich bezweifle sehr, dass wir zufriedener und entspannter wären, wir wären abgesichert, aber dann müssten wir uns wieder wehren, gegen die, die das unsere begehren. Dies im Umkehrschluss würde zu allem Überdruss zu Stress und Neid nur führen.

Was wäre, wenn wir anders wären, an Charakter und äußerer Erscheinung? Würden wir uns dann lieber mögen? Ich mag zwar manchmal schwer zu ertragen sein, aber ich sage nein, ich bin so wie ich bin und so will ich sein. Du bist so wie du bist und darauf ließ ich mich ein. Nein, keiner von uns soll anders sein!

Was wäre, wenn wir dich nicht hätten, kleiner Sonnenschein? Wir wären um einige Sorgen ärmer, aber auch eines großen Glückes beraubt. Jedes Mal, wenn Zweifel kommen, schau ich dich an und bin einfach still, vor Demut und Ergriffenheit, weil es Gott so will. Er hat uns ein Geschenk gemacht und uns gebeten, „gebt fein drauf acht". Er hat uns ziemlich viel zugetraut, denk ich manchmal, doch mit Verlaub, wir werden dieses Kind schon schaukeln.

Was wäre, wenn wir uns nicht hätten? Wir wären auf der Suche, ein Leben lang, nach der einen Person, die uns verstehen kann, die uns nimmt, so wie wir sind. Die blind vertraut und mehr gibt, als das sie nimmt. Wir würden taumeln durch die dunkle, kalte Welt – kein rettender Ast, der uns hält. Nein, diese Vorstellung behagt mir nicht – ich sage dir noch heute ins Gesicht – ich liebe dich, bleib bei mir und verlass mich nicht.

Was wäre, wenn wir nicht mehr arbeiten müssten, einfach nur noch sein. Dinge tun, die uns erfreuen, ich muss zugeben, dieser Gedanke bereitet mir keine Pein. Auf Anhieb fallen uns viele Dinge ein, die wir lieber tun würden, als das tägliche Einerlei: schreiben, lesen, tanzen, reisen, mehr Sport treiben, für andere da sein. Doch, was würde uns das bringen, wenn unser ganzes Umfeld sich in anderen Sphären würd' bewegen. Es könnt passieren, wir würden uns auseinanderleben. Nein, das wäre einfach nur gemein.

Schluss mit allem was wäre, wenn, da wo wir sind, können wir sein, wir haben uns, sind nicht allein, ein bisschen Erspartes lässt uns gut über die Runden kommen und ein klein wenig darüber hinaus, und dank unserer Fantasie gehen uns die Träume niemals aus.

Die gefundenen Liebesbriefe zwischen Mama und Onkel Peter
Karola Teichen

Nina wälzt sich von einer Seite auf die andere. Das Leuchtzifferblatt zeigt drei Uhr elf. Sie will nicht daran denken und doch kreisen die Gedanken in ihrem Kopf. Morgen muss sie fit sein, Ihre noch nicht schulpflichtigen Kinder wachen früh auf und dann steht ihr die lange Autofahrt nach Hause bevor.

Sie macht autogenes Training. Es hilft nichts. Immer wieder sieht sie ihren Onkel Peter mit seinen braunen Augen, die liebevoll auf ihr ruhen, vor sich. Vorgestern bei Mutters fünfundfünfzigsten Geburtstag war die Verwandtschaft zum Mitfeiern gekommen: Onkel Peter, Tante Paula, Ninas Bruder Ralf mit Familie und auch ihre Schwester Annegret mit Mann und Kindern. Die wohnen ja im gleichen Ort.

Es war mal wieder eine schöne Feier. Die Kinder haben Gedichte aufgesagt und beim Boule-Spielen hatten alle ihren Spaß.

Was solls. Gestern nun hatte Ninas Vater sie gebeten, der Mutter beim Ausmisten des Dachbodens zu helfen und ihre eigenen restlichen, daheim deponierten Sachen, Bücher usw. endlich mal mitzunehmen, da sich die Eltern demnächst wohnungsmäßig verkleinern wollten.

Und da ist es passiert. Sie stieß beim Rumwühlen auf eine kleine Kiste mit Briefen, adressiert auf Mutters Mädchennamen. Neugierig machte sie sich ans Lesen. Mutter hatte es bemerkt und riss ihr die Briefe aus der Hand. So viel stand fest: Der Absender war Onkel Peter. Mit hochrotem Kopf und gleichgültig klingen sollender Stimme sagte Mutter: „Ach Kind, das war, bevor ich deinen Vater kennenlernte. Das war eine harmlose Liebelei."

Harmlos? Nina lässt der Gedanke aber keine Ruhe, ob da nicht mehr war. Fest steht, dass sie selbst ein Siebenmonats-Kind ist. Oliver-Geissens Nachmittags-Shows fallen ihr ein. Immer wieder werden da Vaterschaften geklärt. Sie will nicht weiterdenken, das wäre ja absurd. Onkel Peter ihr Vater? Ihre Beziehung zu Ralf Zimmermann, ihrem Papa, eine einzige Lüge? Papa, der immer für sie da ist, an den sie bei jeder neuen Merci-Reklame zärtlich denkt und der sie und ihre Geschwister fürsorglich mit großgezogen hat.

Und doch ordnet sie Onkel Peters braune Augen auf einmal ihren eigenen Augen zu. Papa hat blaue Augen, Mama hat allerdings auch braune. Alles ist auf einmal möglich. Den Onkel und die Tante liebt sie auch. Sie beschenkten sie und ihre Geschwister in der Kindheit an den Geburtstagen und Weihnachten. Peter lud sie in den Zoo ein, ging mit ihnen schwimmen, tollte mit allen dreien herum. Und es war jedes Mal wunderschön, auch zusammen mit dem Cousin und den Cousinen bei ihm und Tante Paula, die ja Papas Schwester ist.
Inzwischen ist es fünf Uhr früh geworden. Nina will endlich schlafen. „Tief in den Bauch atmen", denkt sie. Sie versucht es immer wieder. „Ich bin ganz ruhig. Es atmet mich. Mein Herz schlägt laut und kräftig. Mein Sonnengeflecht ist strahlend warm."

Einesteils schämt sie sich, dass sie auf der Verdächtigungswelle unserer Zeit mitschwimmt, andererseits wäre es ja möglich. Sie will morgen Mutter ihre Gedanken auf den Kopf zusagen und sehen, wie sie reagiert. Warum sollte sie nicht ehrlich sein? Mama, meine liebe Mama!

Wenn Ninas Vermutungen stimmen sollten, dann hätte sie halt zwei wundervolle Väter, welcher Reichtum! Beruhigt schläft sie ein.

Die Tänzerin
Marietta Wollny

Ich habe einen Unfall gehabt, deshalb bin ich Tänzerin geworden.
Mein Bein ist steif,
deshalb kann ich fliegen.
Meine Flügel sind gebrochen, deshalb fliege ich übers weite Meer,
werde vom Wind getragen
und vom Sturm gestützt
und tanze auf den Wellen—haushoch.

Ich habe einen Unfall gehabt,
deshalb bin ich Tänzerin geworden.
Ich liege geschlagen am Boden, gegipst und gefesselt
und hüpfe jeden Abend 26 Stufen hoch aufs Dach
und schlafe dort wie ein Vogel auf einem Bein.

Ich habe einen Unfall gehabt,
deshalb bin ich Tänzerin geworden.
Ich nehme meine Krücken und springe auf mein wildes Pferd
und reite über die Kleefelder bis zum Birkenwald,
die blauen Lupinen leuchten mir in den Tannenwald,
und ich liege da bei Sternenschein im weichen Moos,
alle Geschenke des Himmels um mich,
liebevoll verpackt.

Ich habe einen Unfall gehabt, deshalb bin ich Tänzerin geworden.
Ich hinke zum Fluss
und hüpfe auf den Steinen des Uferrandes

immer schneller und tiefer in den Fluss.

Meine Krücken berühren schon das kalte Wasser.

Und ich gehe über den reißenden Fluss ans andere Ufer, voller Hoffnung,

dass dort keine Fata Morgana sehnsüchtig auf mich wartet.

Ich habe einen Unfall gehabt, deshalb bin ich Tänzerin geworden.

Komm, tanz mit mir einen Reigen,

links herum, rechts herum, so schnell die Füße tragen.

Und klatschen musst du noch für mich.

Was soll ich jetzt noch sagen?

Ich habe einen Unfall gehabt,

weiß ich, wohin die Krücken mich noch tragen.

Ohne Bedauern
Gisela Horstmann

„Versprich mir, diese ganzen Papiere hier zu vernichten, wenn ich endlich erlöst bin von diesem grässlichen Leben."

Ein neuer Hustenanfall schüttelt seinen abgemagerten Körper, er krümmt sich auf dem schmalen Bett zusammen und versucht verzweifelt, das Würgen in seiner Kehle zu unterdrücken, um weitersprechen zu können und dem Freund seinen letzten Willen mitzuteilen.

„Mein Verleger weiß Bescheid, dass von mir kein neues Manuskript mehr zu erwarten ist. Außerdem interessiert sich die Menschheit sowieso nicht für meine Ergüsse. Deshalb soll der ganze Rest meiner Arbeiten in Rauch aufgehen, genau wie ich!"

Wieder ein neuer Hustenanfall, der ihn zu ersticken droht. Der Freund, der am Bett des Kranken sitzt, öffnet das Fenster, um durch frische Luft dem Patienten Erleichterung zu verschaffen.

„Du bist der Einzige, der mich versteht, der zu mir hält und immer an mich geglaubt hat, wenn mal wieder eine Verlobung geplatzt ist oder die Verkaufszahlen von einem neuen Buch beschämend gering waren!"

Wieder ein krampfartiger Hustenanfall.

Der Freund steht auf. „Ich werde jetzt gehen. Heute Abend komme ich wieder und schaue nach dir. Ruhe dich aus! Das viele Sprechen ist Gift für deine Lunge."

Am Abend fand der Freund einen Sterbenden vor, der ihm nur noch mit den Augen Lebewohl sagen konnte.

Wäre es zu bedauern gewesen, wenn der Freund nicht gegen den Willen des damals weitgehend unbekannten Autors gehandelt hätte?

Wäre es zu bedauern gewesen, wenn sämtliche Fragmente, angefangenen Romane und unvollendeten Geschichten nicht veröffentlich worden wären?

Ein Stück Weltliteratur wäre verloren gegangen und einer der berühmtesten ersten Sätze wäre unbekannt:

„Als Gregor Samsa eines Morgens aus unruhigen Träumen erwachte, fand er sich in seinem Bett zu einem ungeheuren Ungeziefer verwandelt. "

Der Name des Freundes: Max Brod
Der Name des Kranken: Franz Kafka

Rosen
Ulrike Janisch

Kleine Rose, du schaust mich an mit deiner Zartheit.
Wissend, dass du nur zusammen mit deinen Schwestern
in deiner göttlichen Schönheit wirkst.

Ihr Schwestern seid verschieden alt, verschieden reif.
Die Kleinen, mit ihrer jungfräulichen Unschuld,
die voll Aufgeblühten mit ihrer sinnlichen Üppigkeit.

Eine von euch ist darüber hinaus –
trägt mit Würde ihre letzten verwelkten Blütenblätter.
Sieht gelassen ihrer Aufgabe entgegen,
wird die rot in der Sonne glänzende Hagebutte mit Stolz tragen.

Der Außenseiter
D C Hubbard

Seitdem Antonio sie beim Flüstern ertappt hatte, dachte er an nichts anderes. Es war zwar nur Getuschel; er hat im Grunde auch nichts Konkretes verstanden, aber wie die zwei sofort schwiegen, als sie ihn gesehen haben, kam ihm suspekt vor. Die eineiigen Zwillingsschwestern hatten untereinander keine Geheimisse, hatte seine Frau Emily ihm einmal verraten. Hieß das, dass sie Sofia alles über ihre Beziehung zu ihm erzählte? Nein, versicherte ihm Emily nur zögerlich damals. Dann sagte sie ihm zaghaft mit einer verschmitzten Miene, „Naja, nicht ganz alles".

Obwohl sich die Schwestern zum Verwechseln ähnelten, erkannte er seine Frau immer. Es war der Duft, der ihr allein gehörte. Der stammte nicht von irgendeinem Parfüm oder von einem Kosmetikprodukt. Nein, es war der einzigartige Duft ihrer Haut. Denn nach einem frühen Versuch der Schwestern, ihn auszutricksen, ließ er sich nie wieder täuschen. Schon als ihre Schwester Sofia sich ihm damals näherte, merkte er sofort, dass sie ganz anders roch.

Emily war freiberufliche Fotografin. Mit ihren rotbraunen Locken, ihren blauen Augen und ihrer wohlgeformten Figur, war sie selbst sogar schöner als manches Fotomodell. Antonio meinte, es wäre eine Schande, dass sie sich hinter der Kamera versteckte. Sie traf sich täglich mit umwerfenden Männern und einmaligen Frauen. „Drop-dead beautiful", sagte man in der Branche.

Beide fotografierten sie unter anderem für die Modezeitschrift *Vogue*. Oft ging es um Bademode, manchmal um Dessous. Nur sie allein in ihrem Studio mit diesen Schönheiten. Oft kam sie erst sehr spät nach Hause. Und wenn Antonio durch eine *Vogue* Ausgabe blätterte, die mit den Kunstwerken seiner Frau gefüllt war, wurde auch er erregt. Und eifersüchtig. Die Furcht, dass zwischen Emily und einem Dressman etwas passieren könnte, hatte er immer im Unterbewusstsein. In ihrem Beruf wäre ein Seitensprung quasi vorprogrammiert; es wäre lediglich eine Art Betriebsunfall. Das hat Antonio von Anfang an doch gewusst und schweigend in Kauf nehmen müssen.

Andererseits musste er gestehen, wenn er und Emily sich nachts liebten, hatte er bisher keine Anzeichen für einen Fehltritt seiner Frau gemerkt, keinen Schwund in ihrer Leidenschaft ihm gegenüber. Ihre körperliche Hingabe war hundertprozentig. Dennoch, dennoch regte sich in ihm, wegen etwas Getuschel zwischen Schwestern ohne realen Beweis, Zweifel.

Als Anwalt für Gesellschaftsrecht müsste er rationaler denken, müsste er sich und seinen Verdacht besser beherrschen können. Auch er hatte einen angesehenen Beruf, auch er war im Beruf äußerst eingespannt. Für solche Hirngespinste hatte er keine Zeit.

Vielleicht war er einfach neidisch auf die Beziehung der zwei Schwestern zueinander. Man sagte, zwischen Zwillingen gebe es eben ein Verhältnis, das Außenstehende nicht durchdringen können. Er hatte nur einen jüngeren Bruder, mit dem er sich gar nicht verstand. Auch mit den Eltern stand er oft genug auf Kriegsfuß. Ihre Erwartungen ihm gegenüber waren unrealistisch. Obwohl sie alle im Münchner Raum wohnten, sah er nicht ein, dass er und Emily einmal die Woche auf der Matte stehen sollten. War telefonieren nicht ausreichend?

Aber dieses Zwillings-Getuschel – gekichert haben sie über ihn – das gleiche passierte schon seit Wochen. Antonio fühlte sich ausgegrenzt; sie fanden ihn offenbar lächerlich. Länger konnte er das nicht aushalten. Er würde Emily zur Rede stellen. Je schneller umso besser.

An jenem Freitag liefen die Verhandlungen am Gericht schleppend. Gelegentlich zweifelte er an seiner Tauglichkeit für diesen Beruf, aber er steckte nun drin. Und er und Emily hatten zusammen eine gewaltige Hypothek für die schicke Wohnung in Schwabing zu stemmen. Er konnte es sich nicht leisten, kürzer zu treten. Nach Hause kam er erst um neun. Als er die Tür öffnete, erkannte er sofort, Emily war am Werk. Es duftete nach seiner Leibspeise Thai Curry.

Der Tisch war gedeckt und das Esszimmer von Kerzen beleuchtet. Antonio lächelte, als Emily in ihrem, enganliegenden türkisblauen Sommerkleid auf ihn zukam.

„Du siehst betörend aus", hauchte er ihr ins Ohr.

Emily schmiegte sich an ihn. „Leider wird das Kleid bald nicht mehr passen. Naja, vorübergehend wenigstens."

Er schaute sie fragend an. Seine Müdigkeit machte ihn schwer von Begriff. „Hmm? Hat die Arbeit bei den Magersüchtigen deinen Appetit angeregt? Gedenkst du etwa dick zu werden?"

Sie schaute ihm mit ernstem Gesichtsausdruck in die Augen. „Mein neuer Job verlangt es von mir. Wie gesagt, vorübergehend."

Ein Lächeln fing zögerlich an, sich in einer Ecke seines Mundes abzuzeichnen bis sein ganzes Gesicht davon überrollt wurde.

„Sofia weiß es schon, nicht wahr?"

Emily schaute verlegen in die Luft und nickte. „Schatz, du weißt, wie wir zwei sind. Ich musste meine Vermutung mit ihr teilen. Ich habe auch gewartet, bis ich absolute Gewissheit hatte. Denn irgendwie habe ich es geahnt, es werden Zwillis."

Antonios Augen wurden kugelrund und er sackte in den nächsten Sessel. „Zwei Paar Zwillinge in meinem Leben? Wie soll ich damit fertig werden?"

Emily grinste vergnügt. „Tonio, ich liebe dich. Du liebst mich. *Wir* werden damit fertig."

Nach dem schönen Essen zu zweit, legten sie sich ins Bett und liebten sich. Danach schlief Emily im Nu ein. Antonio lag aber hellwach und grübelte. Wie könnte er sicher sein, dass die seine Kinder sind?

(raum)schiff...kind... gegenwart...geheimnis
Karoline Vogelsang

schon zweimal hat eine brüchige stimme leise „leonore" gesagt, ganz nah an ihrem kopf. das wort erzeugt eine schwache, träge bemühung ihrer gedanken, ein bild zu finden, das zu „leonore" passt. eine kontur ist alles, was der verstand liefern kann. sie spürt ein feuchtwarmes streichen über eine gesichtshälfte, aber sie hat keine macht, aus der tiefe aufzusteigen, um in augen zu schauen oder hände zu halten.

die umgebung färbt sich wieder nachtblau.

alle sinne kappen die verbindung nach außen. sie wird unter die oberfläche gedrückt und rutscht in den tiefschlaf. wieder muss sie mit der suche beginnen, immer wieder ganz von vorn.

EINS sie ist unterwegs. mit nackten füßen pflügt sie spurrillen durch den weichen untergrund. er fühlt sich an wie kalter tapetenkleister und sie muss sehr aufpassen, nicht vom weg abzukommen.

ZWEI seitlich schiebt sich ein enormer schatten heran, er kümmert sich nicht um sie und sein metallisches schaben und kratzen lässt sie schaudern. der schatten ist ein schiff von riesigen ausmaßen, sie kann nur die massive außenwand erkennen. ihr kopf ist im maximalen winkel in den nacken gelegt, trotzdem sind weder reling noch menschen zu sehen. sie hat keine zeit, die angst als fluchthelfer zu nutzen. das schiff verliert den halt, stellt sich quer und beansprucht jeden millimeter des weges vor ihr allein für sich. sie hört den kurzen kraftstrotzenden schlag, mit dem sie und die schiffswand aufeinanderprallen. Es gibt noch zwei andere schläge, lichter gehen aus, die dunkelheit verbrüdert sich mit niegekannter absoluter stille.

DREI lärm und blitze. menschen kommen und fragen, das schiff liegt auf der seite, brüllende maschinen trennen metall. ein abgerissener fuß wird von behandschuhten händen in eine tüte gepackt. arme rütteln und ziehen an ihr. ein blendenweißes licht wandert über ihre pupillen. bestimmte wörter werden gellend laut wiederholt: "ein kind im fußraum, ein kind, schnell, ein kind". sie lässt die münder ungerührt schreien und die hände zerren, ihr körper und ihr verstand sind tiefgefroren, rühren sich nicht und ahnen auch nicht. der kontakt mit der gegenwart ist fast abgerissen, das letzte, was sie zu wissen glaubt, ist, dass ihr kopf hin- und herschwingt, und dass ihr bein nicht mehr am leben ist. sie stürzt in die ausgebreiteten arme der ohnmacht.

VIER „Leonore", haucht die brüchige Stimme an ihrer Wange, „hörst du mich, bist du wach?" Sie liegt auf dem Rücken. Die Laute tropfen wie Honig in ihr Ohr. Sie zittert vor Kälte und will sagen, dass sie so sehr friert, aber weder Stimmbänder noch Gesichtsmuskeln reagieren auf ihre Anstrengung.

„Bis Ihre Frau aus dem Koma erwacht, können mehrere Tage vergehen. Bitte sprechen Sie in Ihrer Nähe nicht über den Unfall, die Polizei und eine übergeordnete Behörde warten bereits auf unser Okay, Ihre Frau befragen zu können. Da es außer ihr keine Überlebenden und auch keine anderen Zeugen des...Vorfalls gibt, wird ihre Aussage von größter Wichtigkeit sein. Nur sie kann das Geheimnis lüften...und wir müssen ihr helfen, sich zu erinnern, verstehen Sie?"

Ein Tag im Luft- und Sonnenbad Wiesbaden
Ruth-Inge Rolke

Es war Hochsommer im Jahre 1938 oder 1939, als meine Mutter entschied, wieder einmal einen Tag im Luft- und Sonnenbad „Unter den Eichen" zu verbringen.

Mir graute schon davor, in den überhitzten Bus Richtung Nordfriedhof zu steigen, denn immer war er voll besetzt, und ich wurde von den Erwachsenen fast erdrückt. Der Geruch der schwitzenden Menschen war unerträglich, und mir tat die Schaffnerin leid, die sich ihren Weg durch die dichtgedrängt stehenden Leute bahnen musste. Am faszinierendste war für mich ihre Billett-Tasche, die sie umgehängt hatte. Da waren vorne Hülsen angebracht in verschiedenen Weiten, in denen das Kleingeld gestapelt war, das mit einer geschickten Bewegung ihres Daumens das Wechselgeld freigab. Erwachsene und Kinder bekamen einen unterschiedlich bunten Fahrschein, den sie von einem Block abriss. Damit das auch gut funktionierte, hatte ihr Daumen einen roten Gummiüberzug aus demselben Material wie die „Rex Ringe" von den Einmachgläsern.

Als wir endlich am Nordfriedhof angekommen waren, ging der Fußmarsch zum Luft- und Sonnenbad los. Für mich dauerte es eine Ewigkeit, aber es waren sicher nur fünfzehn Minuten. Der Pfad ging durch ein Wäldchen mit Laubbäumen, die uns Schatten vor der sengenden Sonne spendeten.

Meine ewige Fragerei, „Wann sind wir endlich da?", nervte meine Mutter. Und so begann sie Volkslieder zu singen, und ich stimmte mit ein. Mein Lieblingslied damals war das „Heideröslein", von dem ich nicht nur die Volksliedweise kannte, sondern auch die

Liedfassung von Franz Schubert. Es war für mich immer eine Freude mit meiner Mutter zu singen; zu Hause begleitete sie uns auf dem Klavier, und wir sangen ein Lied nach dem anderen.

Endlich erreichten wir das Luft- und Sonnenbad, das mit einem hohen Zaun rundum gesichert war. Das bedeutete für mich Freiheit. So konnte ich mich, ohne Mutters Aufsicht, nach Herzenslust austoben. Es gab dort viele Kletter- und Sportgeräte, die meinem Bewegungsdrang entgegenkamen. Besonders die Lust des Hochfliegens mit der riesigen Schaukel, fast bis zum Himmel, war ein Hochgenuss.

Zur Mittagszeit ging ich wieder zu meiner Mutter, die es sich auf einem großen Badetuch auf dem Gras gemütlich gemacht hatte und las. Zu essen gab es traditionell Kartoffelsalat, den sie in einem Schraubendeckel-Glas mitgebracht hatte, und Frikadellen. Nie hat es mir irgendwo besser geschmeckt, als auf dem Badetuch, in der Sonne sitzend, auf der grünen Wiese. Zum Nachtisch gab es Vanillepudding, von der Sonne erwärmt.

Wichtig war auch die Nivea Creme mit der uns Mutter sorgfältig eincremte. Leider gab es im Luft- und Sonnenbad kein Wasser zum Planschen. Ein Teil des Bades war mit einem blickgeschützten Bretterzaun abgegrenzt. Dort konnte man unbekleidet sonnen.

Neugierig, wie ich war, versuchte ich in der Bretterwand ein Astloch zu finden, um einen Blick auf die „Nackten" werfen zu können. Es blieb aber bei dem Versuch.

Wenn ich erschöpft vom vielen Klettern und Schaukeln war, denn ich war eine wilde Hummel, legte ich mich aufs kühle Gras und schaute in den blauen Himmel. Über mir zog ein kleines Flugzeug seine Bahn, und die Ameisen fingen an, sich einen Weg über meinen Körper zu suchen. Heute noch fühle ich mich in die Kindheit zurückversetzt und im Grase liegend, wenn ich das Geräusch eines kleinen, ein-motorischen Flugzeugs höre.

Das Aufregendste an diesem Tag war, dass Marion, ein Mädchen mit dem ich den ganzen Tag gespielt hatte, beim Schaukeln gestürzt war und stark am Knie blutete. Sie schrie so laut, dass ich Angst bekam und schnell ihre Mutter holte. Ich durfte dann zusehen, wie Marions Mutter das Knie säuberte und ein großes Pflaster auf die Wunde tat. Gut, dass sie ein „Erste Hilfe Päckchen" dabeihatte. Tief beeindruckt von dem was ich gesehen hatte, beschloss ich Krankenschwester zu werden, nichtahnend welche „Unfälle" ich selbst noch haben sollte, die mir etliche Krankenhaus Aufenthalte bescherten.

Leider gingen auch solche Tage zu Ende. Mit einem leichten Sonnenbrand beglückt, fuhren wir wieder nach Hause, und ich konnte es kaum erwarten, meinem Vater nach seiner Heimkehr vom Dienst, von den aufregenden Abenteuern des Tages zu berichten.

Vom Abheben und Schweben
Yvonne Proske

Ungläubig starrte Tina auf die glänzende Karte in ihren Händen. Wie um alles in der Welt war er nur auf die Idee gekommen, ihr so etwas zu schenken?

Jans Gesicht war vor Aufregung gerötet. „Na, was sagst du dazu?"

Tina sah ihm an, dass er fest davon überzeugt war, ihr das genialste Geschenk aller Zeiten gemacht zu haben. „Nun ja, du hast dich ja ganz schön in Unkosten gestürzt." Tina lächelte ihn vorsichtig an. So wie er strahlte, brachte sie es einfach nicht übers Herz ihm die Wahrheit zu sagen. Außerdem hätte das ganz sicher den kompletten Tag verdorben.

„Für dich doch gerne, mein Schatz. Schau einfach in den Kalender und lass mich wissen, wann ich buchen soll. Ich werde dich natürlich begleiten."

„Ja, das ist nett von dir und ich schaue nachher gleich mal nach, wann es mir passt." Nie, schrie es in ihr, es wird nie einen Termin geben, der hierfür passend wäre.

„Tina, Liebling." Jans säuselnde Ansprache verhieß nichts Gutes. „Ich wollte mal fragen, wann wir deinen Gutschein einlösen. Dein Geburtstag ist jetzt schon mehrere Wochen her und man muss da rechtzeitig buchen, sonst sind die beliebtesten Termine weg."

Tina hatte auf Zeit spielen wollen, aber die war jetzt wohl um. Es galt, eine neue Strategie zu entwickeln. „Oh, vor lauter Arbeit kam ich gar nicht dazu, mich für einen Termin zu entscheiden, sorry. Wann ist denn die beste Zeit?", fragte Tina bemüht freundlich.

„Na ja, am schönsten ist es natürlich im Sommer. Im Herbst kann es ganz schön kalt und windig werden. Das erschwert die Sache natürlich, und häufig wird dann kurzfristig abgesagt."

Okay, es war zwar fies aber einen Versuch wert. „Ach herrje, im Sommer schon. Das ist ja praktisch bald und ich habe so viel zu tun, und außerdem stehen ja noch unsere Sardinien-Reise an, der neunzigsten Geburtstag von Oma, die Hochzeit von Hilde und Hans und das Sommerfest auf der Arbeit... Ich glaube, das wird schwierig." Tina blickte bedauernd.

„Deshalb hatte ich dich ja gleich an deinem Geburtstag gebeten, dir einen Termin auszusuchen. Schau doch noch einmal, ob du nicht eine Lücke im Kalender findest. Ich bin da ganz flexibel."

Das glaube ich dir aufs Wort, dachte Tina genervt.

Mittlerweile war es Sommer geworden und Tina wähnte sich in Sicherheit. Bis Jan strahlend zur Tür hereinkam.

„Du scheinst gute Laune zu haben", sagte sie und drückte ihm einen Kuss auf die Wange.

„Habe ich auch, und ich sag dir auch warum: Mein neuer Chef hat mich mit Begleitung – also mit dir – zu einem Picknick eingeladen. Ist das nicht klasse? Der ist echt ein guter Typ. Er wird dir gefallen."

„Das hört sich nett an. Wann ist denn das Picknick?"

„Nächste Woche schon am Sonntag um zehn Uhr. Passt das bei dir?"

„Klar, das richte ich mir so ein. Ist ja schließlich ein wichtiger Termin für dich."

„Und ob! Super, dass du dabei bist." Jan umarmte sie kurz und verschwand dann in sein Arbeitszimmer.

Jetzt erst fiel Tina auf, dass Jan gar nicht erwähnt hatte, ob noch andere Kollegen zum Picknick eingeladen waren. Sie würde ihn später noch fragen.

„Aufstehen, Liebling." Jan stand bereits in sportlicher Outdoor-Bekleidung im Schlafzimmer. Tina wischte sich müde über die Augen.

Sie brummte. „Es ist doch erst acht Uhr …"

„Ja, aber wir müssen ja auch noch ein Stück fahren und eine Kleinigkeit sollten wir auch noch frühstücken."

Jetzt war Tina alarmiert. „Wieso frühstücken? Ich dachte, wir sind zum Picknick eingeladen."

„Ja, schon, aber wahrscheinlich wird sich das alles etwas hinziehen, und damit wir nicht völlig ausgehungert sind, sollten wir einfach schon etwas im Bauch haben."

Tina seufzte. Irgendetwas stimmte hier nicht. Widerwillig stemmte sie sich aus dem Bett und öffnete ihren Kleiderschrank.

„Zieh was Bequemes an, vielleicht wandern wir noch eine Runde. Die Gegend dort ist sehr schön", rief Jan aus dem Badezimmer. Eigentlich hatte sie sich ein buntes Sommerkleid für das Picknick zurechtgelegt. Na gut, dann eben doch die weite Leinenhose und Turnschuhe dazu.

„Da sind wir." Jan hielt den Wagen am Feldrand.

Tina war kurz eingenickt und blickte jetzt verschlafen aus dem Fenster. Mit einem Ruck war sie hellwach. Was sie sah, verschlug ihr den Atem und lies ihr Herz schneller schlagen. Das durfte doch nicht wahr sein; Jan hatte sie reingelegt.

Anscheinend hatte er ihre Gemütsverfassung bemerkt. „Tina, ich hoffe, du bist mir nicht böse, aber ich hatte das Gefühl, wir bekommen nie einen Termin zustande. Und da habe ich einfach einen für uns ausgemacht. Freust du dich trotzdem?" Er legte seinen berühmten Dackelblick auf.

In Tina brodelte es vor Wut und Angst. Scheiße, scheiße, scheiße, wie hatte sie sich nur so an der Nase herumführen lassen können. Jetzt gab es kein Zurück. Ihr blieben nur zwei Alternativen: entweder sie sagte Jan die Wahrheit, oder sie überwand ihre Angst und spielte mit. Wie ein Ping-Pong-Ball hüpften ihre Gedanken, mal zur einen und mal zur anderen Entscheidung.

Da klopfte es am Fenster und ein sportlicher, gutaussehender junger Mann, lächelte sie an. Tina ließ das Fenster einen Spaltbreit herunter.

„Sind Sie Tina und Jan Hofer?"

Sie nickten.

„Ich bin Sebastian und begleite sie auf dem Flug. Die anderen drei Gäste sind auch schon da, und wir wären dann startklar. Die Wetterbedingungen sind super heute, und die Sicht herausragend. Parken Sie doch Ihr Auto hinten am Wald, und kommen Sie dann zu uns vor."

„Alles klar", sagte Jan. Er ließ den Wagen an und fuhr in Richtung Parkplatz.

„Ja, willkommen an Bord. Ich freue mich, dass ihr heute alle dabei seid. Wenn ihr Fragen habt, lasst es mich jederzeit wissen, ansonsten genießt einfach die herrliche Aussicht und den Flug."

Tina zitterte am ganzen Körper und krallte sich mit beiden Händen in den Korb. Das würde sie nie überleben. Mit Schrecken bemerkte sie ein leichtes Rucken, und der Ballon setzte sich in Bewegung. Langsam gewannen sie an Höhe, und Tina versuchte sich auf das Karomuster von Jans Hemd zu konzentrieren, um sich abzulenken.

„Tina, schau doch mal nach vorne." Jan zeigte total begeistert auf die Landschaft vor ihnen. „Ist es nicht wunderbar, dieses sanfte Schweben über allem?"

Nein, schrie es in Tina, aber dann wagte sie doch einen vorsichtigen Blick an Jans Schulter vorbei. Und sie musste zugeben, er hatte Recht. Ein angenehmer, lauer Windzug wehte ihr um die Nase, und ein kleines Dorf nach dem anderen erschien in ihrem Sichtfeld und verschwand wieder. Zögerlich löste sie ihre total verkrampften Hände vom Rand des Korbes. Gerade überfolgen sie ein Waldstück, und in der Ferne konnte man die Berge sehen. Wow, das war ein tolles Gefühl.

„Na, mein Schatz, wie hat es dir gefallen?"

Noch völlig benommen vom Flugerlebnis und den vielen schönen Eindrücken schlang Tina die Arme um Jans Hals. „Du hättest mir kein schöneres Geschenk machen können."

Herbstblumen
Gisela Horstmann

„Sie müssen das nicht annehmen! Wirklich nicht! Sie können die Annahme verweigern. Kein Problem. Ich nehme das einfach wieder mit."

Auffordernd blickte sie der Paketbote an. Der Blick sagte: „Los, entscheide dich doch endlich! Ich muss heute noch fünfzig Pakete ausliefern. Dieses ramponierte Etwas kann doch nur zusammengestauchten Schrott enthalten,"

Sie blickte immer noch ratlos auf das ziemlich große Kartongebilde, zusammengedrückt und notdürftig mit breitem Tesafilm zusammengeflickt.

Sie versuchte, irgendwo einen Absender ausfindig zu machen, aber ohne Brille war nur auf dem Codestreifen der Name „Berlin" zu entziffern. Wer sollte ihr aus Berlin so einen großen Karton schicken? Wer wusste, dass sie heute aus dem Urlaub zurückkommen würden?

Sie hatte jedenfalls nichts vor ihrer Abreise bestellt!

In der Diele türmten sich Taschen und Beutel, gerade ausgeladen nach der anstrengenden weiten Reise. Und jetzt noch diese Ruine ins allgemeine Heimkehrchaos packen! Aber „Annahme verweigert" hatte sie noch nie im Leben! Also noch Mal diese Pappruine in Augenschein nehmen, die der Paketbote mit einer Hand locker in die Höhe hielt. Mit der anderen Hand streckte er ihr diesen merkwürdigen Kasten entgegen, der nur auf ihre Unterschrift wartete.

Schwer schien der Inhalt ja nicht gerade zu sein, wenn man ihn so lange so leicht auf einer Hand balancieren konnte. An einer Ecke war der Karton nicht ganz vom wüsten Tesafilm eingehüllt. Sie vergrößerte den Spalt und ihr Blick fiel auf eine mittelgroße

Sonnenblume, frisch und leuchtend, wenn auch das Dach über ihr eingedrückt war.

Nach dieser Entdeckung leistete sie sofort die benötigte Unterschrift, und der Postbote machte sich erleichtert aus dem Staube, nachdem er endlich seine Aufgabe losgeworden war.

Ungeduldig löste sie jetzt das viele Tesafilm von den Pappen und, o Wunder, zum Vorschein kam ein völlig unversehrter herrlicher Herbstblumenstrauß: Sonnenblumen, gelb-rosa Rosen, gelbe zarte Rispen und weißes Schleierkraut, das die ganze Pracht einrahmte. Alles wurde von einer Art Windeleinlage feucht gehalten, die mit einem wasserundurchlässigen Tuch fest um die Stiele gebunden war.

Eine passende Vase nahm Strauß und beiliegendes Düngemittel auf und schon prangte mitten im Heimkehr-durcheinander ein herbstlicher Willkommensgruß der Schwägerin, wie eine beiliegende Karte mitteilte.

Schnell wurde eine Dankesmail verfasst und dies besondere Wunder mitgeteilt.

Kurze Zeit später traf eine Antwort ein:

„Die Blumen waren offensichtlich widerstandsfähiger als der Druck von außen, so wie wir."

Herbst
Marietta Wollny

Sturm
und Wind
Kalter Reif
Legt sich um mich
Farbenpracht im Wald?
Kein Trost für meine Seele
Mich wärmt nur helle Sonne
Mich sehnt es nach hellzartem Grün
Sobald der rauhe Wind mich beweht
Ziehe ich schnell den Moosmantel an
Grabe mich in die Erde ein
Wie das Eichhörnchen Nüsse
Und bin Bär im Winter
Schlafend in der Höhle
im warmen Fell
Träume ich von
Linden Lüften
Raureif
Herbst

Opas Werkstatt
Karola Teichen

Opas Werkstatt lag unten im Keller seines Hauses in Zella-Mehlis. Das Haus hatte Hanglage, so dass die Werkstatt sozusagen im Tiefparterre lag und Tageslicht hineinfiel. Zwölf graue Betonstufen führten vom Wohnbereich hinunter.

Auf dem ersten Absatz – vor der verschlossenen Tür – standen Steinguttöpfe mit Sauerkraut, abgedeckt mit einem Holzbrett und beschwert mit je einem Stein.

Dort unten ging es geradeaus in die Werkstatt. Rechts führte eine Türe in die Waschküche mit großem Bottich, unter dem jedes Mal Feuer zum Wäschekochen geschürt werden musste. Hinter der Waschküche war ein Lagerraum für Kartoffeln, Gemüse, Obst, Konserven und selbstgemachte Marmelade. Daneben der Kohlen-keller. Dort war es dunkel. Das Licht an der Decke war nur schwach und funzelig. Es roch muffig und ich hatte Angst vor Mäusen und Spinnen. Dorthin ließ ich mich ungern schicken.

Doch die Werkstatt mit dem Schraubstock zog mich an. Ich durfte kleine Metallblöcke rechtwinklig feilen und mit der Schieblehre nachmessen. Hämmer und Nägel, Schrauben und Muttern waren nach Größe sortiert und mein Opa konnte in meinen Augen alles reparieren. Er war Schlosser und stellte als Nebenjob Klavierwerkzeuge her. Dazu brauchte er auch einen Schleifstein, der mittels eines Motors und Keilriemen in Schwung gebracht wurde. Als ich neun Jahre alt war, wollte ich unbedingt auch schleifen. Ich durfte es auch und habe mich, obwohl der Opa neben mir stand, direkt neben dem linken Unterhandknochen „angeschliffen". Noch heute ist da eine zweizentimetergroße Narbe zu sehen. Ich blutete stark und hatte Angst um mein Leben. Opa hat die Wunde versorgt und ist kleinlaut mit mir hoch zur Oma.

Noch heute höre ich den Klang des Motors und das Geräusch des Keilriemens, wenn ich daran denke, und ich sehe mittendrin meinen Opa, die große Liebe meiner Kindertage. Er hat eine blaue Schürze umgebunden. Da werkelt er vor sich hin, glatzköpfig mit kleinem Haarkranz und Löckchen, die sich hin- und her bewegen. Heimat- und Wildschützlieder trällert er bei der Arbeit vor sich hin und hat immer eine Flasche Bier zur Hand.

Geschichtsträchtig
D C Hubbard

Anfang Mai des Schicksalsjahres 1945 war das Wetter in Wiesbaden in Aufruhr. Die erste Woche brachte heftige Unwetter mit sich. Der Donner krachte fast so laut wie die Bomben über Berlin, wo ich im Lazarett gearbeitet hatte. Ich dachte mir, Wotan und Thor beklagen lautstark den deutschen Untergang. Der Sturzregen war der Ausdruck ihrer unsagbaren Trauer über die zahllosen gefallenen teutonischen Helden. Ich saß am Fenster und sah zu, wie der Blitz den Himmel aufriss und der Regen herunterprasselte. Wie würde es bloß mit uns weitergehen?

Solche Gedanken beschäftigten mich in den Tagen unmittelbar vor der Niederkunft deines Vaters. In meinem umfangreichen Bauch zappelte er bei jedem Donnergrollen. Auch ich schrak immer wieder auf und fühlte mich zu den zerschossenen Jünglingen im Osten zurückversetzt. Ich konnte fast das Desinfektionsmittel riechen, der Gestank der Wunden stieg mir jedes Mal erneut in die Nase. Der Geruch des Todes. Weißt du, als OP-Schwester half ich damals, zerfetzte Soldaten wieder zusammenzuflicken. Viele waren nicht mehr zu retten.

In Wirklichkeit aber saß ich nun am Fenster in Wiesbaden. Ich schüttelte mich, um zu mir zu kommen, und streichelte meinen Bauch, um mein Kind zu beruhigen. Dabei dachte ich: „Wie gut, dass es nur ein Gewitter ist."

Denn die Amerikaner waren schon im späten März in Wiesbaden einmarschiert. Ohne Widerstand. Einige Stadträte hatten sich Hitlers Befehlen zur „verbrannten Erde" widersetzt und eine weiße

Fahne am Museumsdach aufgezogen. Gott sei Lob. In der Stadt, in der ganzen Region war das Schießen vorbei.

Am Abend des ersten Mais kam die Meldung im Radio: Der Führer sei gefallen. Erst später gaben sie bekannt, dass er Selbstmord begangen hatte.

Trotz Deutschlands Niederlage atmete ich auf. „So musste es kommen", sagte ich mir. Und obwohl es auch schmerzte, Verlierer zu sein, so war der erste Monat der Besetzung erstaunlich erträglich. Die Amerikaner, die „GIs", waren im Großen und Ganzen nette Burschen. Ich schätzte, sie waren genau so froh, nicht mehr schießen zu müssen, wie die deutsche Bevölkerung froh war, nicht mehr zerbombt zu werden. Mit einem Lächeln und Schokolade standen sie für die Kinder fast immer parat. Eisenhowers Worte las ich in der Zeitung: „Wir kommen zwar als Eroberer, aber nicht als Unterdrücker."

Obwohl Deutschland bis dahin noch nicht endgültig kapituliert hatte, war der Krieg für mich vorbei. Im Gegensatz dazu befand sich dein Opa noch im Osten, irgendwo um Berlin herum. Für ihn war es noch nicht zu Ende. Als ich auf mein Kind, auf deinen Vater, wartete, wusste ich nicht einmal, ob dein Opa lebte oder gar längst tot war. Seit unserer Trauung im Dezember hatte ich ihn nicht wiedergesehen und in der Zeit nur drei Briefe von ihm bekommen. Der letzte war im späten Februar gekommen. Ob meine ihn erreichten, davon hatte ich keine Kenntnis. Dennoch wusste ich, dass ich nicht aufgeben durfte. In diesen Tagen hatte ich nur eine Aufgabe: mein Kind. Denn das Kind, ob Sohn oder Tochter, würde wiederum die Pflicht haben, Deutschlands Zukunft zu bauen.

Die Schwangerschaft hatte meinen Rückzug aus dem Dienst in Berlin besiegelt. Da dein Opa und ich keine gemeinsame Wohnung hatten, hatte ich keine andere Wahl, als bei meinen Eltern in Wiesbaden Unterschlupf zu suchen.

Früh am siebten Mai, fünf Tage nach dem errechneten Termin, setzten die Geburtswehen endlich ein. Weil die Amerikaner eine Ausgangssperre verhängt hatten und man nur zwischen sieben und neun Uhr morgens und fünfzehn und achtzehn Uhr nachmittags auf der Straße sein durfte, holte meine Mutter die Hebamme schon am Morgen ins Haus. Vorsichtshalber.

„Als mein Erstes hast du dir viel Zeit gelassen", erzählte ich deinem Vater gerne, als er klein war. Und es war so, dass den ganzen Tag über die Wehen kamen, aber nur unregelmäßig und zögerlich. Die Hebamme meinte dennoch, es sei eindeutig, ich würde noch an diesem Tag Mutter werden. Es wurde aber Nacht und ich und meine Wehen schliefen ein.

Erst am Morgen tat sich wieder etwas. Langsam aber sicher kam die Geburt wieder in Gange. Dennoch zogen sich der Morgen und der Nachmittag wie Gummi. Nichts passierte. Am frühen Abend kam erneut eine verhängnisvolle Meldung im Rundfunk: Deutschland hat bedingungslos kapituliert. In der elterlichen Wohnung weinten alle und umarmten einander. War es aus Trauer oder vor Erleichterung? Das wusste jeder nur für sich.

Mein Vater zog sich ins Schlafzimmer zurück, er wollte alleine sein. Der Untergang Deutschlands, der sei auch sein Untergang, sagte er und schlug die Tür hinter sich zu.

Auf einmal kamen die Wehen richtig in Fahrt. Was hatten sie im Radio gesagt? Um null Uhr wäre dann der Bruch zwischen dem alten Nazi-Deutschland und dem Neuen, was auch kommen möge. Plötzlich musste ich ganz fest pressen und einige Minuten vor dieser Null-Stunde kam dein Vater zur Welt. Der Tag, der achte Mai, sei für Deutschland geschichtsträchtig: Der Untergang, aber auch die Befreiung vom Krieg; der Tod des alten Regimes, aber die Geburt eines neuen Deutschlands, und deines Vaters. Es war mir klar, der Tag würde in die Geschichte eingehen. Und dein Vater? Er hat bisher eine

Menge zur Zukunft Deutschlands beigetragen. Er hat uns keinen Moment enttäuscht.

Meine liebste Enkelin, ich habe dir dieses Erlebnis als Geschenk zu deinem achtzehnten Geburtstag niedergeschrieben. Es wird Zeit, die Familiengeschichte schriftlich festzuhalten, solang ich es noch kann.

Deine Oma Ingrid

Königstein, den 7. August 1991

Déjà-vu
Gisela Horstmann

Diese Augen—er verlangsamte seine Schritte. Diese Augen—sie blickten ihn so liebevoll an, so tief.

In solche Augen hatte er seit vielen Jahren nicht mehr geblickt, seit seine Frau so früh, so überraschend gestorben war.

Er blieb stehen, um diesen Augen-Blick noch länger zu spüren, sich tiefer in ihn sinken zu lassen. Das ganze Gesicht um diese Augen strahlte einen tiefen Frieden aus, eine wohltuende Gelassenheit, eine unendliche Geduld.

Langsam löste er sich aus seiner Versenkung. Sein Blick wanderte höher über das Plakat, das auf dem Boden vor einem Laden stand und ihn mit diesem Frauengesicht gefesselt hatte.

„Déjà-vu" prangte es in großen Buchstaben über dem zarten Antlitz. „Déjà-vu", was sollte er schon gesehen haben? Seine Blicke wanderten nach unten zum Rand des Werbeplakates.

Und da war sie- der Wunschtraum seiner schlaflosen Nächte, die Uhr seines Lebens, immer ersehnt, nie den Mut und das Geld gehabt, sie zu kaufen:

Eine echte Rolex, die Uhr, die er sein Leben lang begehrt und gesehen hatte, in jedem teuren Uhrenladen, überall auf der Welt. Und er hatte durch seinen Beruf viel gesehen von der Welt.

Er öffnete die Ladentür.

Der Werbefotograf hatte gesiegt.

Nadas Reise
Yvonne Proske

Sie hält die Nase in den Wind
und reckt hervor das Kinn bestimmt.
Sie schmeckt das Salz auf ihren Lippen,
blickt ängstlich auf die steilen Klippen.
Ein Hauch von Seetang und Fisch,
den sie nie vergessen wird,
liegt in der Luft
und mischt sich mit dem Duft
von Angst und Schweiß.
Ihr wird kalt und heiß,
obwohl sie weiß, von hier an gibt es kein Zurück.
Sie muss es wagen, denkt sie verzagt,
an dieser Stelle darf sie nicht versagen.
Die Mutter hat sie unterstützt
und wird für diesen Frevel zahlen.
Schon deshalb muss es ihr gelingen.
Ach Mutter, du starke, schwache Frau,
hast dich selbst nicht retten können,
aber alles nun gegeben
für Nadas neues Leben.
Ein Leben ohne Knechtschaft und Bedrängen,
ein Leben frei von religiösen Zwängen.

Niemand im Dorf hat es gewusst,
doch wird nicht viel Zeit vergehen,
bis ein Trupp wird auf die Suche gehen,

nach Nada, der Ungehorsamen.
Da blinkt ein Licht, das ist das Zeichen,
ein Stoßgebet will ihr entweichen.
Dann rennt sie los im Schutze der Dunkelheit.
Jetzt ist es wirklich höchste Zeit.
Ein alter Kahn tanzt auf den Wellen,
schnell an Bord und nur weit, weit fort.
Viele Menschen dicht gedrängt,
leichtes Gepäck, was über der Reling hängt.
Rufe und Schreie, dann geht es los—
in Nadas Hals formt sich ein Kloss.
Die ganze Nacht sind sie auf See getrieben;
in Gedanken hat sie der Mutter viele Briefe geschrieben:
„Mama, stell dir vor, ich hab's geschafft.
Ich lebe jetzt das Leben,
wonach ich nie aufgehört habe zu streben."
Die Worte machen Mut und lenken ab
von der plötzlichen Panik, die entsteht,
weil der Kahn zur Seite dreht.
Als sie wieder bei sich ist,
spritz warmes Wasser in ihr Gesicht.
Sie befindet sich an einem Strand,
in einem ihr unbekannten Land.
Blaue Gummihandschuhe greifen nach ihr
und bringen sie fort von hier.
Nach langer Lagerhaft und viel Verzicht,
erblickt sie endlich ein freundliches Gesicht.
Sie kann die Worte nicht verstehen,
aber sie wird mit der netten Frau gehen.
Jahre später weht wieder ein Hauch
von Seetang und Fisch,

und gierig peitsch die weiße Gicht.
Immer wird sie das erinnern,
und ihr entweicht ein leises Wimmern.
Stolz steht sie auf und reckt das Kinn—
sie hat es geschafft bis hierhin.
Es ist nicht Heimat, aber ein Zuhause, ein Ort,
an dem man sein kann.

„Mama, woran denkst du?"
„An eine Zeit weit in der Vergangenheit."
„Kommst du wieder zu mir zurück."
„Ich bin immer bei dir, mein Glück."
„Dann lass uns rein gehen, es wird schon Nacht."
„Ja, und danke mein kleines Glück,
dass du mich immer in die Gegenwart holst zurück."

Die Puppe
Marietta Wollny

„Un folleto, por favor…y una muneca, Signora Mercedes." Noch atemlos brachte das Kind diesen Satz hervor, die Glocke des kleinen Dorfladens schepperte noch leicht. Noch während des Sprechens reckte das Kind sich und legte die Hand auf die Glasplatte der Theke, um die Münzen, die ihm die Tante gegeben hatte, heraus fallen zu lassen. "

Donna Mercedes drehte sich langsam dem Kind zu und lachte herzlich. "Dann willst du also in der Schule schreiben und mit einer Puppe spielen. Ich bin nicht sicher, was Signor Jose dazu sagt, was meinst du?"

Sie betrachtete das Kind aufmerksam und zählte mit demselben Blick die Münzen, die auf der Glasplatte lagen." Was kannst du denn schon schreiben, Maria?"

„Katze, Sonne, Schule, Mama, Papa, Deutschland und Isla Tenerife…und…"

„Oh, dann ist Signor Jose aber zufrieden mit dir und ich glaube, du kannst schon einen Brief nach Deutschland schreiben?"

Das Kind nickte ernst und strahlte gleichzeitig. Donna Mercedes legte das Schreibheft vor Maria auf die Theke.

„So, Maria, jetzt kannst du weiter üben und bald ganz lange Briefe an Mama und Papa schreiben." Dabei strich sie mit der linken Hand in tausendfacher geübter Handbewegung die Münzen auf der Glasplatte zusammen und ließ sie in die halboffene Schublade am Thekentisch fallen.

Maria blieb ruhig vor der Frau stehen und beobachtete alles genau. Sie wartete. Donna Mercedes blickte sie fragend an. „Ist das das richtige Heft?"

„Ja, ja, schon, aber die Puppe?"

„Welche Puppe, Maria, machst du Spaß mit mir?"

„Die Puppe da oben." Sie zeigte mit dem Finger auf die ersehnte Puppe oben im Regal. Marias Blick war eindeutig und beantwortete die Frage der Ladenbesitzerin.

„Ach, mein Kind, die Puppe bringt erst der Weihnachtsmann, und bis Weihnachten ist noch ein paar Wochen Zeit."

„Der Weihnachtsmann", fragte das Kind, "kauft die Puppen bei dir im Geschäft, Donna Mercedes, und schenkt sie dann den Kindern?"

„Nein, nein, der Weihnachtsmann bringt die Puppen, die die Kinder auf ihren Wunschzettel für den Weihnachtsmann schreiben."

„Dann muss ich die Puppe auf meinen Wunschzettel an den Weihnachtsmann schreiben??"

„Ja, klar, und den Wunschzettel musst du an Mama und Papa schicken, dass sie ihn an den Weihnachtsmann weitergeben."

„Ist der Weihnachtsmann denn in Deutschland?"

„Ja, auch, der Weihnachtsmann ist überall, auch in Deutschland."

In Marias Kopf arbeitete es, etwas abwesend nahm sie das Heft und ging aus dem Laden, ohne ein Abschiedswort zu sagen.

Die Ladenbesitzerin sah dem schmalen Mädchen hinterher und überlegte, von wem es diese blauschwarzen Haare hatte, sie konnte sich nicht erinnern, dass Hernandez und Rosa, Marias Eltern, so dunkel waren. Ach, dachte sie schließlich, seit Jahren sehe ich sie nur ein, zweimal kurz im Jahr, eigentlich weiß ich gar nicht mehr, wie dunkel ihre Haare sind, und welches ihrer Kinder mit ihnen Ähnlichkeit hat.

Abends im Bett dachte das Kind wieder an die Puppe. Die Puppe im obersten Regal, links neben der Kasse, in einem Karton, mit Klarsichtfolie darüber. Sie hatte sie sofort entdeckt, als sie wieder einmal in den kleinen Dorfladen rannte, um irgendeine Kleinigkeit zu kaufen. Diese Puppe hatte rote Haare, keine wirklichen roten Haare wie ihre Schwester Elvira, die ihre lockigen roten Haare meist offen trug. Die Haare von Eva, der Puppe, waren nur kinnlang und aufgemalt. Ordentlich frisiert und ordentlich gekleidet.

Mit Maria schimpfte die Tante immer. „Zieh dich mal ordentlich an, kämm dich, bevor du gehst, sonst sagen alle im Dorf, ich kümmere mich nicht um euch." Und dabei zupfte sie ihr die Strümpfe hoch und fuhr mit dem Kamm hart durch ihre Haare. Eva, die Puppe, trug nur kurze Söckchen und eine karierte Hose. Dazu eine warme Lodenjacke, so wie das Mädchen sie hätte gebrauchen können, wenn der Wind wieder kalt vom Meer wehte.

So schrieb Maria den Brief für den Weihnachtsmann und die Tante schickte ihn mit den Briefen der Schwestern und Brüder nach Deutschland. „Der Weihnachtsmann bekommt viele Aufträge", lachte die Tante und meinte, der Weihnachtsmann müsse stärker als der stärkste Mann im Dorf sein, um alle Geschenke von Frankfurt nach Puerto zu tragen.

Für Marias Puppe war er zu schwach gewesen, das wurde dem Kind klar, als keine Puppe unter dem Weihnachtsbaum lag, auch dann nicht, als das kleine Mädchen noch einmal den ganzen Papierberg durchwühlt hatte, der vom Geschenke öffnen der Familie übriggeblieben war, die Puppe Eva lag nicht unter dem Weihnachtsbaum. Hatte noch ein anderes Kind die Puppe auf ihren Wunschzettel geschrieben und nun lag ein anderes Kind jetzt mit der Puppe in seinem Bett, überlegte Maria während des Einschlafens. Vielleicht hatte aber auch der

Weihnachtsmann die Puppe bei Donna Mercedes im Laden vergessen mitzunehmen. Das würde sie nachsehen, sobald die Weihnachtstage vorbei waren und der kleine Dorfladen wieder geöffnet war.

Maria war die erste Kundin, die bei Donna Mercedes nach den Festtagen im Laden stand. Die Ladenbesitzerin war erstaunt, schließlich waren noch Weihnachtsferien und die Kinder brauchten noch keine Hefte und Stifte. Aber Maria legte keine Münzen auf die Theke wie sonst, sondern starrte nur in das oberste Regal und stieß hervor: „Der Weihnachtsmann hat die Puppe für mich vergessen abzuholen, deshalb hole ich sie jetzt selbst ab."
    Jetzt wurde Donna Mercedes etwas kühl und sagte dann ganz langsam und betont, dass sie dafür mit ihren Eltern vorbeikommen müsse.

Die Eltern hörten nur am Rande, was Maria ihnen von der Puppe im Dorfladen erzählte, die wenigen Urlaubstage in der Heimat verflogen mit dem Wiedersehen der Kinder und den Festtagen mit der ganzen Familie. Überall im Dorf musste man mal kurz einen Besuch machen und das Neueste vom Dorf hören und vom Leben und Arbeiten in Deutschland erzählen. So vieles musste vor der Abreise wieder geregelt und beredet werden, dass die Wünsche der kleinen Tochter in Vergessenheit kamen. Die Eltern reisten wieder ab und die Schule fing wieder an.

Als die Tante Maria wieder einmal in den Laden zum Einkaufen geschickt hatte, wurde der Schmerz neu geweckt. Die Traurigkeit des Weihnachtsabends kroch dem Kind wieder den Rücken hoch und es warf nur einen kurzen Blick nach oben zu der Puppe. Sie hatte es selbst gesehen, die Eltern hatten keine Zeit gehabt, mit ihr in den Laden zu gehen um die Puppe zu holen, ihnen machte sie keinen

Vorwurf. Ja, aber dem Weihnachtsmann schon, er hatte sie vergessen, oder war zu schwach gewesen oder hatte die Puppe in Deutschland gesucht und dort nicht gefunden. Jedenfalls fand sie für ihn keine Entschuldigung.

Später fiel ihr ein, sie sollte dem Weihnachtsmann vielleicht doch noch eine Chance geben, denn auch sie vergaß manchmal etwas, alle vergaßen schon mal etwas, jedenfalls sagte das immer die Tante, wenn sie wieder mal an ein nicht gehaltenes Versprechen erinnert wurde. Und im zweiten Satz sagte sie dann noch, dass sie aber jetzt im Augenblick keine Zeit habe, ihr Versprechen zu erfüllen.

Zwanzig Jahre später sitzt die damals ersehnte Puppe Maria gegenüber im Sessel, die roten Haare der Puppe sind verblasst und sie trägt auch keine karierten Hosen mehr und keine warme Lodenjacke. Heute trägt sie ein feines rosa Prinzessin-Kleid und auf dem Kopf sitzt eine kleine Krone. Maria hat die Puppe heute ihrer Tochter Laura unter den Weihnachtsbaum gelegt, und die hat die Puppe eifrig an und wieder ausgezogen und dann zu einem imaginären Ball geführt, auf dem die Puppe natürlich schon beim ersten Tanz ihren Prinzen kennen lernte. Dann war die kleine Puppenmutter so müde, dass sie beim Spielen schon auf dem Teppich einschlief und schlafend ins Bett getragen wurde.

Und Maria fand Zeit, an den Weihnachtsmann zu denken, der sie damals zum nächsten Weihnachtsfest nicht vergessen hatte oder der stärker geworden war und alle Geschenke tragen konnte, die Kinder auf ihren Wunschzettel nach Deutschland geschrieben hatten.

Der große Regenschirm
Karola Teichen

Eben hat es geklingelt. Die Frau macht die Haustüre auf. Draußen steht anscheinend ein Scherenschleifer. Ich höre sie sagen: „Nein, wir haben keine stumpfen Gegenstände. Es tut mir leid, auf Wiedersehen." Der Mann geht aber nicht, stattdessen sagt er: „Alte Schirme haben Sie doch sicher, die kann ich Ihnen flicken oder aber mitnehmen, falls Sie sie nicht mehr haben wollen."

Da sieht sie mich an. Ich friste schon lange im Schirmständer neben der Haustüre ein nutzloses Dasein, weil ich ein paar Blessuren habe. Generell bin ich aber – wie dieser tolle Mann gleich feststellen wird – noch gut zu gebrauchen. Wenn es so richtig gießt, nimmt mich die Frau auch schon mal für den kurzen Weg zur Garage, aber im Auto liegen zwei schöne neuere Schirme und neben mir im Schirmständer auch noch zwei hochnäsige Knirpse. Der eine ist allerdings auch nicht mehr so leicht kleinzukriegen, ich meine zusammenzufalten, weil sein Gestänge verbeult ist. Ich merke, wie er aufgeregt zuhört. Denn der wäre ja auch – wie ich die Dinge sehe – ein Wegwerfkandidat.

Mein Gestänge ist noch ganz und gar in Ordnung, zu schade zum Entsorgen. Juhu, der Mann sieht das. Er verweist auf meinen heilgebliebenen mehrfarbigen Stoff, der noch wie neu aussieht und preist vor allem meine Größe als Seltenheit an. Meine lädierten Gestänge-Spitzen würde er wieder herrichten für 3,50 Euro in ca. einer halben Stunde.

Ich habe zwar Angst, dass es wehtun könnte, bin aber entschlossen, die Zukunft mit einem heilen Körper zu erleben. Ich träume und versuche mir vorzustellen, wie ich durch die wunderschöne Welt getragen werde, wie meine Farben bei Sonne und Regen leuchten.

Wie ich nicht nur Abenteuer, sondern Sinn in mein Leben bekomme, indem ich Menschen beschirmen darf. Vor lauter Aufregung leuchtet mein Rot besonders stark und die Frau lässt sich zum Glück überreden.

Der Mann nimmt mich mit in seinen Kleinbus, in dem es nur so wimmelte von Schrauben, Nägeln, Scheren, Messern. Ein unsägliches Durcheinander. Dann hat er mit Nadel und einem beigen Faden meinen Stoff an den Gestängespitzen festgenäht, nachdem er vorher kleine Ösen dort angeklemmt hatte. Das machte er allerdings ein wenig schlampig und es tat auch weh. Jetzt muss ich zugeben: Nicht jede Schönheits-OP bringt großen Erfolg. Jünger sehe ich nicht aus, aber ich bin immerhin wieder brauchbar. Die Schönheit des Alters ist auch schön. In meinem Fall sind es vor allem die nicht verblassten Farben. Ich habe sechzehn verschiedene Farbstreifen: zwei verschiedene Gelbtöne, vier verschiedene Grüns, dunkel- und hellgrau, hell- und dunkelbraun, hell- und dunkelblau, schwarz, violett, pink und rot. Nach einer halben Stunde bin ich wieder daheim.

Ja, als ich jung war… Es liegt 40 Jahre zurück, in Bozen war es. Da hat es geregnet. Zwei Verliebte stellten sich im Eingang eines Kaufhauses unter, um den Guss abzuwarten. Dabei haben sie mich – damals wunderschön und stolz, vielfarbig und groß, ein Doppelschirm für Zwei – entdeckt und gekauft. Viele, viele Wege bin ich mit ihnen gegangen.

Jetzt sind die Beiden alt. Wenn es regnet, muss sie ihn beschirmen, weil er einen Rollator schieben muss. Und stellen Sie sich vor, sie hat eben tatsächlich gesagt: „Gott sei Dank, dich kann ich wieder gut gebrauchen."

Ich bin glücklich und zufrieden und auch stolz. Gerne würde ich auf den snobistischen Knirps schadenfroh herabsehen, doch er steht leider nicht mehr im Ständer neben mir.

Die Ahnengalerie – D C Hubbard

Omas Uhr tickt.
Ihr Pendel misst Vergangenheit und Zukunft.
Ein Flur wird zum Museum.
Eine Passage durch die Zeit.

Ahnenporträts,
Gesichter alt und unbekannt,
Platziert auf schneeweißem Feld
Auf einem fotografischen Friedhof.

Dennoch vertraut,
jene Augen, Nasen und Kinne,
Auf grantigen Gesichtern von gestern,
Vorboten der süßen Mienen
Unserer Söhne und Töchter.

Und haben unsere Ahnen damals überlegt,
Welche Wand ihr Bildnis eines Tages zieren würde?
Oder wer sie erbt?
Noch unvermählte Bräute?
Noch ungeborene Nachkommen?

Omas Uhr tickt weiter.
Das Pendel teilt Lebenserwartungen zu.

Wenn nur verblasste Fotos übrigbleiben,
Wer hängt wohl diese dann auf,
An Wände welcher Farbe?

Schlensog wird morgensechzig Jahre alt
Ruth-Inge Rolke

Ich denk ich seh` nicht richtig, als ich unser Gemeindeblättchen aufschlage und die Überschrift lese. Da steht doch tatsächlich, dass Schlensog morgen sechszig Jahre alt wird, dieser alte Gauner. Wer hätte das gedacht bei dem Leben, das er bisher führte. *Wein, Weib und Gesang* war sein Lebensmotto, und wenn er mit seiner Gitarre auftauchte, so machte er Stimmung und bekam so manches Glas Wein oder Bier spendiert.

Neulich erst, als ich meinen täglichen Spaziergang machte, traf ich meinen alten Freund Oskar, der immer über alles Bescheid wusste. Wenn man sich mit ihm unterhielt, konnte man glatt den „Gemeindeboten" abbestellen.

Schon als er mich sah und auf mich zueilte, suchte ich eine Bank, denn das wurde bestimmt eine längere Unterhaltung. Ehrlich gesagt, ich liebe Klatsch und Tratsch, deshalb gehe ich auch regelmäßig einmal die Woche zum Stammtisch beim „Paule".

Das Erste, was Oskar zu mir sagte war: "Weißt du schon das Neueste von Schlensog?"

Meinerseits verneinend, fing er an zu erzählen. Der Schlensog, dieser alte Kümmeltürke, mit seinem fetten Käppi auf dem Kopf und dem unschuldigen Blick in seinen Augen, hat doch tatsächlich der alten Müllern, du weißt schon wen ich meine, das ist doch die, die beim Sprechen immer ein bisschen spukt, weil ihr ein Vorderzahn fehlt. Ausgerechnet der hat er einen Heiratsantrag gemacht.

„Donnerwetter, und was hat sie dazu gesagt?", fragte ich.

Oskar ließ mich kaum ausreden, so aufgeregt war er. „Die dumme Gans hat doch tatsächlich Ja gesagt, und alle, die drum herumstanden, brüllten vor Lachen, und stell dir vor, der Schlensog setzte noch einen drauf und sagte…“, dabei schüttelte er sich vor lauter Lachen. „Ach wisst ihr, wenn ich sie heirate, dann brauche ich keine Dusche mehr.“

Ich muss ihn verständnislos angeschaut haben, denn er sagte unter Lachen: „Na, wegen der Spuke der Alten“.

Oh, dieser Schlensog!

Als ich diese Geschichte schrieb, wusste ich nicht, dass es tatsächlich einen Stephan Schlensog gibt, ein studierter katholischer Theologe und Indologe. Sollte er jemals meine Geschichte lesen, so möchte ich mich jetzt schon dafür entschuldigen

Der Stern
Gisela Horstmann

„Papa muss arbeiten!" Sie traute ihren Ohren nicht. Da- noch einmal: „Papa muss arbeiten!"

Strahlend blickte sie ihren kleinen Sohn an, der bisher einfach nicht anfangen wollte zu sprechen. Nur selten hörte sie einzelne Worte von ihm, Mama, Papa, Ball, aua, das war bis jetzt sein einziger Wortschatz. Und nun auf einmal ein ganzer Satz!

Aber wie oft hatte sie ihn auch in der letzten Zeit mit diesen drei Worten vertröstet, wenn er mal wieder mit großen fragenden Augen „Papa?" sagte.

Papa war nie da, nie anwesend, wenn irgendein wichtiges, erfreuliches oder gar schmerzhaftes Ereignis in seinem jungen Leben passierte.

„Papa muss arbeiten", jedes Mal die ewig gleiche Leier.

Dabei hätte alles so entspannt sein können! So sehr hatten beide in ihrem ersten Restaurant geschuftet, bis sich der Erfolg eingestellt hatte, er in der Küche, sie im Service. Die Schulden konnten sie nach kurzer Zeit abbezahlen. Dem Gedanken an Nachwuchs stand nichts mehr im Wege und wurde ihnen bald erfüllt. Alles lief Wunsch gemäß.

Bis dieser unselige Ehrgeiz, diese Gier nach einem Stern von ihm Besitz ergriff. Ein Stern erkocht in einem weiteren Restaurant, nicht so gutbürgerlich gediegen, keine Hausmannskost in gemütlicher Atmosphäre, sondern etwas für den sehr gehobenen Geschmack.

Minimalistisch eingerichtet, gab es kein Dinieren, kein Essen, kein Speisen wie im arrivierten Lokal, sondern ein Zelebrieren von

Geschmackserlebnissen. Die Küche mutierte zu einem Labor, in dem ausgewählte Zutaten in himmlische Schönheit verwandelt wurden.

In diesem Tempel sollte der erste Stern seinen Glanz täglich über dem Maitre erstrahlen lassen.

Mit diesem Ehrgeiz war „der Satz" in ihr Leben eingebrochen, der Satz, der ihr Glück verdunkelte. „Papa muss arbeiten!"

Papa temperierte, melierte, bardierte, dressierte, legierte, montierte bis schlichte Lebensmittel in raffinierte Kunstwerke verwandelt waren. Und das ging jetzt schon seit Monaten vom frühen Morgen bis in den frühen Morgen, kaum Schlaf, keine Zeit für den kleinen Sohn, Papa musste arbeiten. Der Stern war für ihn wie der Stern von Bethlehem, ein Leitstern zum Paradies.

Wie ein Blitz zuckte in ihr plötzlich die Erkenntnis auf, dass dieses „Papa muss arbeiten" mit dem Erringen des Sterns erst richtig wahr werden würde.

Nein. Ein rechtzeitiger Schlussstrich musste von ihr gezogen werden.

Bei der Heimkehr am frühen Morgen fand der müde Maitre eine leere Wohnung vor.

Am nächsten Tag startete das so lange herbeigefieberte Kochevent. Alles gelang perfekt, die Kritiker waren begeistert. Mit dem ersten Stern durfte er sein Restaurant schmücken.

Nach schlaflosen Nächten statt Freudenfeiern und der Aussprache mit seiner Frau brachte der frischgebackene Sternekoch ein großes Schild an der Eingangstür seines Gourmettempels an:

Dieses Lokal ist dauerhaft geschlossen.

Unschuldig schuldig
Yvonne Proske

„Wer ist denn die gutaussehende Dame da hinten, bei den Olivenbäumen?" Seit sie auf dem alten Weingut – dem Haus, in dem Enzo groß geworden war – angekommen waren, hatte Anna ihn gelöchert. Er konnte ja ihre Neugierde verstehen. Schließlich war das ihr erstes Zusammentreffen mit seiner Familie, und wie sie ihm erklärt hatte, wollte sie so viel wie möglich vorher über seine Verwandten wissen, um nicht unbeabsichtigt in ein Fettnäpfchen nach dem anderen zu treten. Jede Familie habe ihre Geheimnisse, hatte sie ihm augenzwinkernd zugeflüstert. Natürlich, dass hätte er sich ja denken können – er war ja schließlich mit einer Romanautorin zusammen, deren Spezialgebiet verschrobene Familienverhältnisse war.

Hätte ihn ein Freund oder Bekannter auf das Thema angesprochen, hätte er wahrscheinlich behauptet, dass er eine ganz normale Familie hatte, mit den üblichen Charakteren. Da gab es Onkel Alfredo, der ein kleines Alkoholproblem hatte, seit Tante Stefania ihn mitsamt den Kindern verlassen hatte. Sein Vater bezeichnete ihn auch häufig als Nichtsnutz, da er wohl beruflich nie viel zustande gebracht hatte. Ganz im Gegensatz zu seinem strebsamen Vater natürlich, der das Weingut und den Hotelbetrieb nun schon in vierter Generation erfolgreich führte. Entsprechend hoch waren die Erwartungen an ihn, Enzo Fabiano, sein Betriebswirtschaftsstudium zügig abzuschließen, um in den Familienbetrieb einzusteigen. So ganz glücklich war er mit der für ihn getroffenen Entscheidung nicht, aber noch blieben ihm ein paar Semester Bedenkzeit.

Mit einem Schmunzeln im Gesicht hatte er zur Kenntnis genommen, dass seine Cousine Magdalena selbst zum heutigen feierlichen Anlass, der Hochzeit ihrer Schwester Inés, nicht auf ihr provokantes Äußeres verzichtet hatte. Zu schwarzen Springerstiefeln und dunkelrotem knappen Korsagen Kleid im Salonstil hatte sie ihr Gesicht an allen nur möglichen Stellen mit Piercing-Ringen versehen. Gerade zeterte die entsetzte Brautmutter auf sie ein, was Magdalena nur ein Schulterzucken abrang. Insgeheim bewunderte er sie für ihre rebellische Ader. Enzo wäre viel zu feige dafür – seinem Vater Widerwort geben – das käme nur im äußersten Notfall in Frage.

Er ließ den Blick schweifen – seine Mutter war dabei, das Buffet zu inspizieren. In gewohnter Eleganz – manche würden sagen Arroganz – traf sie die letzten Absprachen mit dem Personal. Von den beiden Schwestern war schon immer sie die organisatorisch versiertere gewesen.

Tante Evelina hatte sich schon immer nur hilflos im Kreis gedreht, wenn der Stresspegel stieg. Meistens verursachte sie dadurch mehr Chaos, als das ihr Zutun hilfreich war. Onkel Carlos war das egal – er war sowieso wenig zu Hause und so führten beide ein eher unabhängiges Leben. Er liebte es und sie litt darunter, aber so war es von Anfang an gewesen, und erstaunlicherweise, genoss er – als eingeheirateter Mann – das Ansehen der Familie, wohin gegen sie immer nur als die tapsige, ungeschickte Evelina bezeichnet wurde, die froh sein konnte, überhaupt einen solch stattlichen Mann abbekommen zu haben. Zudem sei sie selbst schuld, wenn ihr Gatte sie das ein oder andere Mal betrog, schließlich war sie nicht gerade eine Schönheit und in ihrem Tun wenig erfolgreich. Magdalena wurde hier gerne als Beispiel angeführt. Wie gut, dass es wenigstens noch die schöne Inés und den kleinen Antonio gab, der seine Mutter heiß und innig liebte und sich redlich bemühte, ihren zerstreuten Anweisungen Folge zu leisten.

Jetzt stand Antonio mit einem Tablett leerer Sektgläser neben dem Büffet und fragte sich resigniert, was seine Mutter sich damit wohl wieder gedacht hatte. Schnell ging er ins Haus, um sich von seiner Mutter instruieren zu lassen, die ihm bereits kopfschüttelnd Zeichen machte, sich zu beeilen.

Säße Enzo im Theater, würde er als Zuschauer das Schauspiel genießen, aber dies war keine Vorstellung, dies war seine Familie.

Ach, und wie hätte er nur Cousin Mario vergessen können, der gerade mit seinem Sportwagen, den Kies in der Einfahrt zum Spritzen brachte? Bei der Blondine neben ihm musste es sich um seine neueste Eroberung handeln. Sie hatten es aufgegeben, sich die Namen seiner Begleiterinnen zu merken. Aber Mario hatte Geschmack, wie sich gerade wieder herausstellte, als sich die junge Dame – ihre zwei langen Beine voraus – elegant aus dem niedrigen Sportsitz wand. Nun, zumindest würde der Tag für Onkel Carlos nicht langweilig werden, dem es eine diebische Freude bereitete, die Freundinnen seines Sohnes zu umgarnen. Manche würden es Midlifecrisis nennen, aber sie wussten es besser. Es war eine Art Wettkampf zwischen Vater und Sohn.

Plötzlich spürte Enzo einen ungeduldigen Stoß in der Seite. Anna schaute ihn erwartungsvoll an. „Enzo, Liebling, was ist jetzt mit der Frau da hinten?"

Anna war wirklich hartnäckig. Gerne hätte er darauf verzichtet, ihre traurige Geschichte zu erzählen. Normalerweise erwähnte er Tante Aurora auch nie. Sie war wie ein Familiengeist – sie gehörte dazu, aber war nicht gerne gesehen, weil sie unschöne Erinnerungen wachrief. Auch heute, zu diesem freudigen Anlass, umwehte ein Hauch von Traurigkeit ihre gesamte Person. Sie war eine wirklich attraktive Frau, hüllte sich aber immer in dezent zurückhaltende, teure dunkelfarbige Kostüme. Nie hatte er sie – noch nicht einmal im Sommer – in einem farbenfrohen Kleid gesehen. Sie entsprach ihrem Stand in der Familie – sie war die Schande.

„Das ist eine traurige Geschichte, willst du sie wirklich hören? Irgendwie passt das nicht zum heutigen Tag", versuchte er Annas Auskunftsdrang entgegenzuwirken. „Soll ich dir eine Limonade holen?" Natürlich war ihm klar, dass er durch seine Äußerung die Neugier von Anna noch mehr anstachelte, wie dumm von ihm. Er wollte wirklich nicht darüber reden, nicht heute.

„Nun erzähl schon" bettelte Anna.

Es war wohl nicht zu verhindern. Anna würde keine Ruhe geben, bis sie nicht Bescheid wüsste. Kurz dachte er noch darüber nach, ihr die übliche Lüge vom tragischen Krebstod ihres Gatten zu erzählen, aber da er es mit Anna und seiner Beziehung zu ihr, ernst meinte, wollte Enzo nicht lügen.

„Na gut, also, das ist wie gesagt eine traurige Geschichte, die schon lange her ist, aber wie Pech an Aurora klebt. Ich glaube, sie war gerade mal zwölf Jahre alt und Guido, ihr kleiner Bruder neun. Sie waren zusammen mit ihren Eltern verreist. Es war Hauptsaison an der Adria, du weißt schon, ein riesiges Getümmel am Strand, große Hotelburgen – einfach das typische italienische Durcheinander. Die Geschwister waren am Strand, während die Eltern das Hotelzimmer bezogen. Plötzlich kam eine völlig aufgelöste Aurora ins Zimmer gerannt: Guido war verschwunden. Er war nur kurz zu den Toilettenhäuschen an der Strandpromenade gelaufen und dann nicht mehr aufgetaucht.

Du kannst dir vorstellen, was da los war. Seine Eltern haben Himmel und Hölle in Bewegung gesetzt, um ihn zu finden. Es folgten tagelange Suchaktionen, Aufrufe der Polizei, Fernsehauftritte mit der Bitte um Hinweise, Finderlohn in schwindelerregender Höhe, aber Guido ist bis heute verschwunden. Seine Eltern waren am Boden zerstört und haben vor lauter Verzweiflung Aurora die Schuld gegeben. Einem zwölfjährigen Mädchen! Sie sei ja schließlich die größere

Schwester gewesen und hätte auf ihren kleinen Bruder aufpassen müssen.

Aurora war danach natürlich traumatisiert, aber niemand ging darauf ein. Die Eltern wurden bemitleidet, und sie wurde auf ein Internat geschickt. Sie konnten ihre Anwesenheit nicht mehr ertragen. Nur drei Jahre nach Guidos Verschwinden hatten die Eltern einen Autounfall. Die Straße war eigentlich komplett gerade; die Wetterbedingungen optimal, aber irgendwie keilte sich ihr Auto um den einzigen Baum am Straßenrand. Es stand noch kurz Fremdverschulden im Raum – ein anderes Auto hätte sie abgedrängt – aber dafür gab es keine Zeugen und irgendwie war uns allen klar, was passiert war."

„Das ist ja schrecklich, die arme Aurora", stieß Anna ehrlich schockiert hervor. „Warum hat nie jemand für sie Partei ergriffen? Das ist ja sowas von gemein und ungerecht." Anna war entsetzt.

„Ja, ich weiß auch nicht. Ich fürchte, man hat einen Sündenbock gesucht und dabei blieb es. Es war einfach für alle Beteiligten die angenehmste Lösung, ansonsten wäre vielleicht ans Tageslicht gekommen, wie zerstritten die Eltern der beiden waren und wie sehr die Geschwister darunter gelitten haben. Vielleicht wollte Guido einfach nur weg…" Enzo hing seinen Gedanken nach. Irgendwie erschöpfte ihn diese Geschichte immer wieder.

„Was macht sie heute? Ist sie nicht verheiratet und hat eine Familie?" Anna wollte sich noch nicht zufriedengeben – ihr kreativer Spürsinn für eine Geschichte war geweckt.

„Sie war viel im Ausland, lebt jetzt in Rom und ist soweit ich weiß, eine erfolgreiche Kommissarin bei den Carabinieri. Eine Familie hat sie nicht, dass wollte sie nie. Von einer festen Beziehung weiß ich auch nichts. Es heißt, sie sei mit ihrer Arbeit verheiratet."

„In welcher Abteilung ist sie denn tätig?"

„Cold cases. Komm, lass uns zu den anderen stoßen." Enzo hakte sich bei Anna unter und zog sie in Richtung Buffet.

Anna wäre beinahe gestolpert, als Enzo sie mitriss. Sie hatte die Wiese vor den Olivenbäumen mit ihren Augen abgesucht, aber Aurora war verschwunden.

Weihnachten
Karola Teichen

Meine Kindheit habe ich in Thüringen bei den Großeltern verbracht. Viel Schnee, immer weiße Weihnachten. Einmal waren wir so eingeschneit, dass wir die Haustüre nicht aufbekamen und aus dem Hochparterre aus dem Fenster steigen mussten. Ich durfte, dick eingemummt mit Schal, Mütze und Handschuhen, beim Schneeschippen helfen und war stolz darauf. Mir „biezelten" die Finger und Zehen. So sagte man zu dem Gefühl in den durch Kälte taub gewordenen Gliedmaßen.

Einen Weihnachtsbaum gab es auch im kommunistischen Osten jedes Jahr. Meine Patentante, die im ersten Stock wohnte, schmückte den Baum immer mit viel Lametta und bunten Glaskugeln. Das Bäumchen meiner Großeltern wurde am Heiligabend erst noch aus dem Wald geholt und dann, nachdem der Schnee vollends abgetaut war, auch mit bunten Glaskugeln geschmückt. Ich durfte helfen. Zum Schluss wurde der Baum mit „Engelshaar" behängt. Gibt es das heutzutage noch? Ich habe „Engelshaar" nie wieder irgendwo gesehen. Man könnte Watte nehmen, vielleicht war das bei meinen Großeltern ja auch üblich. Aber heutzutage wäre ein solches Bäumchen kitschig. Damals fand ich es wunderschön.

An Geschenke kann ich mich nicht mehr erinnern. Aber ich werde schon Strümpfe oder etwas anderes zum Anziehen bekommen haben, denn Oma und ich haben viel gestrickt. Das sah so aus: In der Wohnküche gab es eine Zuglampe. Unter der saß Oma fast täglich und strickte. Zu ihren Füßen hatte sie ein Fußbänkchen. Auf dem saß ich oft zwischen ihren Füßen und strickte auch. Sie hatte mir bereits in der ersten Klasse das Strümpfe-Stricken beigebracht. Später strickte ich auch Kniestrümpfe und Pullover, auch eine Strickjacke mit Zopfmuster. Die schenkte ich der Oma. Damals war ich zwölf Jahre alt. Dafür hat sie mich sehr gelobt.

Wir zogen das Licht-Anmachen gegen Abend immer ein wenig hinaus und genossen die Dämmerstunde mit „Blindstricken". Die Maschen rechts oder links zu stricken ging wunderbar auch im Dunkeln. Nur das Klappern der Nadeln war zu hören und spornte uns gegenseitig an. So konnte ich auch dem Opa immer etwas Gestricktes unter den Weihnachtsbaum legen.

Am Heiligen Abend wurden die Kerzen am Baum angezündet und mein Opa sang aus voller Kehle *O Tannenbaum*, alle drei Strophen. Die Oma hat nicht mitgesungen, ich schon!

Meine über uns wohnenden Cousins sangen auch *O Tannenbaum*, aber mit folgendem Text:

O Tannenbaum, schlägt Purzelbaum,
die Treppe rauf und runter.
Da hat er sich das Bein gebrochen
und ist schnell in das Bett gekrochen.
O Tannenbaum, schlägt Purzelbaum,
die Treppe rauf und runter.

In die Kirche sind wir nie gegangen. Erst später, mit 13 Jahren erfuhr ich, was es mit dem Christfest auf sich hat. Weihnachten wurde bei vielen Leuten als ein heimeliges Fest, an dem die Familie zusammenkommt und an dem man sich etwas schenkt, begangen.

Irgendwie war die Oma aber auch fromm. Obwohl sie mir nie etwas von Christus erzählt hat, betete sie abends immer:

Müde bin ich geh zur Ruh, schließe beide Augen zu. Vater lass
die Augen Dein über meinem Bette sein. Hab ich Unrecht heut

getan, sieh es lieber Gott nicht an. Deine Gnad und Jesu Blut macht ja allen Schaden gut. Alle die mir sind verwandt, Gott lass ruhn in Deiner Hand. Alle Menschen groß und klein sollen Dir befohlen sein. Kranken Herzen sende Ruh, nasse Augen schließe zu. Gott im Himmel halte Wacht. Gib uns eine gute Nacht. Lass den Mond am Himmel stehn und die stille Welt besehn."

Auf diese Weise legte sie einen Funken Glauben in mein Herz, der viel später zu brennen anfangen konnte.

Geradeaus
D C Hubbard

Die Straße schlängelt sich zwischen den Feldern, um dann vor dem Wald jäh in eine Senke zu verschwinden. Im Wald kommt sofort eine scharfe Rechtskurve, wo ich stark abbremsen muss. Jeden Tag fahre ich diese Straße hinein in die Stadt. Zur Arbeit. Dabei ist mein Kopf mit Gedanken vollgestopft.

Oft habe ich an Befreiung gedacht. Ich stelle mir vor, vor den Verpflichtungen zu fliehen. Ich stiege in einen Zug und führe davon. Ohne Ankunftszeit. Gar ohne Zielbahnhof. Vom Zugfenster schauten meine Augen sorglos hinaus in den Frühlingstag. Niemand mehr stellte Ansprüche an meine Zeit, an meine Gefühle, an mich.

Täglich fahre ich durch den Wald mit der Gewissheit, dass es eines Tages wohl dazu kommen wird, dazu kommen muss, dass ich in dieser Rechtskurve einfach geradeaus fahre. Ungebremst. Ich wäre sofort auf der anderen Seite, an dem Ort, wovon wir nichts wissen, wovon wir nicht sicher sein können, dass es ihn gibt. Denn niemals ist jemand zurückgekehrt, um Bericht zu erstatten, um alles zu offenbaren. Meine Vorstellung davon ist bestimmt abgedroschen. Sie gleicht den Bildern in manchen Filmen: An der Unfallstelle steht eine Unsichtbare daneben und schaut zu, wie der Krankenwagen ihre Leiche wegfährt. Schaut zu, wie das Leben um sie herum weiter geht. Ohne sie.

Ohne mich?

Motivierte mich die Neugierde? Oder war ich wahrhaftig lebensmüde? Wie dem auch sei, jetzt bin ich hier. Wenn ich euch nur darüber berichten könnte.

Obdachlos
Gisela Horstmann

Wie es so ihre Art war, lächelte sie jeden freundlich an, versuchte, die gefrorenen Mienen durch ihre Wärme aufzutauen, dem Warten auf die S-Bahn auf diesem zugigen Bahnhof ein paar positive Gefühle zu entlocken.

Vergeblich.

Alle Mitwartenden schienen irgendwie in einer Art Schockstarre betoniert zu sein, unbeweglich, wie Tiere im Winterschlaf. Die Warterei zog sich hin, anscheinend Verspätung. Auch das noch! Nach dem langen Arbeitstag, der hinter ihr lag, freute sie sich auf ihr gemütliches Zuhause. Jetzt noch eine Verzögerung, bis sie sich endlich mit ihrem Lieblingsbuch entspannt aufs Sofa kuscheln konnte. Das ließ auch ihre Miene langsam gefrieren.

Sie beschloss, zur einzigen Bank auf diesem Bahnsteig zu gehen, sich dort für kurze Zeit hinzukauern, die kalten Beine etwas zu entlasten.

Die Bank war schon besetzt. Ein breites Grinsen empfing sie, eine Schneidezahnlücke klaffte in diesem Grinsen, in diesem auch sonst sehr schadhaften Gebiss. Zottelige Haare, die eine Wäsche dringend nötig gehabt hätten, umrahmten die freundliche Miene, aus der sie ein paar neugierige braune Augen interessiert musterten. Sie gehörten einer jungen Frau, die eine große Reisetasche auf ihrem Schoß umklammerte. Ihre Gestalt war in Wallendes gehüllt, das sich jetzt in seiner ganzen Schäbigkeit zeigte, als sich die S-Bahn endlich näherte und die Frau aufstand.

War es Zufall, dass die schlotternde Gestalt sich in dieselbe Reihe, durch den Gang getrennt, hinsetzte? Anscheinend bestand

Gesprächsbedarf, denn sofort ertönte es von rechts: „Ich war in der Wäscherei, die ist hier in Kronberg besonders billig!"

Das fehlte ihr gerade noch, ein Gespräch mit dieser verwahrlosten Gestalt! Aber ihre angeborene Freundlichkeit siegte. „Wo kommen Sie denn her?", brachte sie etwas knapp hervor.

„Ich bin aus Frankfurt, ich wohne in Frankfurt kann ich ja nicht sagen, ich hab keine Wohnung", kam es sofort von rechts.

Ach du Schreck, dachte sie, eine Obdachlose! Wie gut, dass der Gang zwischen uns liegt, wer weiß, was man sich da so alles holen kann, neben so einer, fing die Abwehrkanone auf der linken Seite im Stillen an zu feuern. Schau aus dem Fenster, tu uninteressiert, vielleicht lässt sie dich dann in Ruhe, befahl ihre innere Stimme.

Aber weit gefehlt. Von rechts gab es keine Ruhe. Ein ungebremster Mitteilungsdrang ergoss sich aus dem schadhaften Gebiss. Da war von Empörung über die Benachteiligung von obdachlosen Frauen auf den Ämtern die Rede, von Streitigkeiten um den besten Straßenschlafplatz, vom sehnlichsten Wunsch, einen Platz in einer Bauwagensiedlung für Obdachlose zu ergattern, vom Problem der schmutzigen Wäsche, das ja gerade in Kronberg gelöst worden war.

Nach und nach vergaßen beide Frauen ihre lebenslang angesammelten Vorurteile und Ängste auf der linken Seite und ihre Wohnungsnot und Armut auf der rechten Seite des Zuges.

Munter plaudernd wie zwei alte Freundinnen verließen sie in Frankfurt gemeinsam die S-Bahn. Und ein größerer Geldschein, in die zum Abschied gereichte Hand geschoben, wurde mit strahlendem Lächeln und weit klaffender Zahnlücke gerne entgegengenommen.

Schokoladenfabrik
Ruth-Inge Rolke

Es war einmal, vor nicht allzu langer Zeit, da gab es eine Schokoladenfabrik im schönen Bayern. Dort gab es viele Menschen, die es liebten, Schokolade zu essen von morgens bis abends, darum waren sie auch alle so dick.

Der Besitzer der Fabrik, ein recht betagter Mann, war plötzlich gestorben, und Paul, sein einziger Sohn, wurde sein Erbe. Er war noch jung an Jahren, denn sein Vater hatte spät geheiratet, und seine Mutter war bei seiner Geburt gestorben. Der Vater musste sich allein um seinen Sohn kümmern, was nicht so einfach für ihn war.

So wurde Paulchen, so nannte ihn sein Vater, maßlos von ihm verwöhnt und brauchte nur das zu tun was er wollte. Paulchen aber machte am liebsten gar nichts. Nur abends, wenn er mit seinem Vater zu Tisch saß, um mit ihm ausgiebig zu speisen, freute er sich, denn zum Dessert brachte der Vater immer die neuesten Kreationen aus der Schokoladenfabrik mit. Sie waren unwiderstehlich schön anzusehen und mundeten dem kleinen Schleckermaul aufs Köstlichste.

Mit der Zeit wurde Paulchen immer rundlicher, und sein Bewegungsdrang nahm ab, denn er verließ kaum noch das Haus, und Freunde hatte er auch keine.

Als er noch jünger war und die Schulzeit herannahte, engagierte der Vater einen Hauslehrer, denn er wollte seinem geliebten Sohn den Schulweg ersparen; man weiß ja nie was da alles hätte passieren können.

So kam der alte Beck ins Haus, und Paulchen kam gut mit ihm zurecht, denn Beck war schon recht schwerhörig und dachte, wenn

Paulchen seine Lippen bewegte, dass er die Vokabeln und Gedichte die er ihn lehrte, wiederholen würde, was aber leider nicht der Fall war.

Sport war für Paulchen ein Fremdwort, denn sein übervorsichtiger Vater befürchtete, dass sein Sohn sich beim Turnen etwa ein Bein oder Arm brechen könne. So war das Prinzip der Langsamkeit angesagt. Paulchen wurde immer dicker, und sein Gang war eher ein Vorwärtsrollen als ein Gehen.

Im Laufe der Jahre war er zu einem jungen Mann von stattlicher Größe herangewachsen mit schönen blonden Locken. Am Schönsten aber war seine Stimme. Er liebte es zu singen, wo immer er auch war. Schon von weitem hörte man ihn die alten Lieder singen, die sein Vater ihm vorgespielt hatte, denn der besaß eine große Schallplatten Sammlung mit deutschen Volksliedern.

Den Arbeitern der Fabrik gefiel der nette Sohn des Chefs, wenn er einen Rundgang in der Fabrik machte, um hie und da ein wenig von den köstlichen Pralinen zu „testen", wie er es nannte.

Nun war sein Vater gestorben und er war ganz allein auf der Welt. Nachdem die Trauerfeierlichkeiten vorbei waren und er den Tod seines Vaters genug beweint hatte, beschloss Paulchen: „Ab heute leite ich die Fabrik"!

Unbekümmert wie er nun mal war, bezog er das Büro seines Vaters und drückte als erstes die Durchsagetaste des Telefons, damit alle Mitarbeiter hören könnten was er tue, denn er hatte ja nichts zu verbergen.

Frühmorgens schon, bei deren Ankunft, wurden sie begrüßt mit: *Alle Vögel sind schon da…*

Wenn Besucher kamen, um die Schokoladenfabrik zu besichtigen und auch die eine oder andere Praline zu kosten, da begrüßte er sie mit: *Horch was kommt von draußen rein...*

Auch wenn Frau Ott, die langjährige Sekretärin seines Vaters, die im Grunde die Fabrik leitete, weil der alte Herr dazu nicht mehr in der Lage war, eintrat, tönte es ihr entgegen: *Du, du liegst mir am Herzen. Du, du, liegst mir im Sinn. Du, du, kannst nicht verschmerzen, weil ich so gut zu dir bin...*

Da Paulchen die Durchsagetaste *immer* anließ, konnten alle auch das Husten, Nießen, Rülpsen und Furzen, das aus dem Lautsprecher drang, hören und machte dadurch den Arbeitsalltag für sie unerträglich.

So geschah es, dass zwei pfiffige Mitarbeiter aus der Buchhaltung, Egon Schmitt und Heini Müller einen Plan fassten um dem Ganzen ein Ende zu setzen. Sie meldeten sich bei Paulchen an, mit der Bitte, mit ihm etwas Wichtiges besprechen zu müssen. Prompt wurden sie empfangen mit dem Lied: *Es waren zwei Königskinder...*

Die zwei Schlitzohren lobten zuerst seinen herrlichen Bariton und fragten ihn dann verschmitzt, ob er noch andere Melodien im Kopf habe? Das wurde von Paulchen hocherfreut bejaht.

Sie lobten ihn nach Strich und Faden und empfahlen ihm: Er solle die Lieder nur in Gedanken singen und die Lippen bewegen, dies sei die höchste Kunst hier auf Erden. Nur intelligente Menschen könnten die Melodien hören, alle anderen seien nur Kunstbanausen.

Da die Taste „Durchsage" noch gedrückt war, konnten alle Mitarbeiter der Fabrik, zu ihrer Erheiterung, den Vorschlag des pfiffigen Duos Schmitt und Müller, hören. Und es funktionierte! Alle waren sich einig, dass das eine gute Idee sei und spielten mit.

Wenn Paulchen fortan durch die Räume ging und die Lippen bewegte machten die Arbeiter zuhörende Gesichter, und wenn seine

Lippen stillstanden, applaudierten sie. So konnte die Arbeit ungestört weiter gehen, und alle waren zufrieden.

Da passierte es eines Tages, dass Frau Ott über einen Papierkorb stolperte, der nicht an seinem Platz stand, und sich einen komplizierten Bruch am Bein zuzog. Die Heilung würde sich über Wochen hinziehen.

So wurde eine neue Sekretärin eingestellt. Sylvia Morgenstern war nicht nur eine intelligente junge Frau, sondern auch sehr attraktiv. Sie durchschaute schnell das Spiel, das man mit dem harmlosen Paulchen trieb, und er tat ihr leid. Sie überlegte wie sie ihm helfen könne und fasste dann einen Plan.

Zuerst erzählte sie ihm, dass Frau Ott ihr im Vertrauen erzählt habe, dass sein Vater gerne einen schlanken Sohn gehabt hätte, und machte einen Vorschlag. Paulchen akzeptierte ihn sofort, denn einer so schönen Frau wie Sylvia konnte er nicht widersprechen. Schon damals, als er sie das erste Mal sah, hatte er sich sofort in sie verliebt.

So joggten sie jeden Morgen eine Stunde, bevor die Arbeit begann. Von Woche zu Woche wurde er schlanker. Schokolade aß er nur noch in Maßen. Ja, Ja, was doch die Liebe alles bewirkt. Seine Abschlussprüfung, im „Modernen Management", bestand Paul mit Bravour. Seine größte Freude und der Antrieb für all seine Aktivitäten aber, war das Gesangsstudium bei Professor Fischer – Diskant, wozu Sylvia ihm geraten hatte.

Sein erster Liederabend in der vollbesetzten Stadthalle von Grünwald, war ein überragender Erfolg. Seine Angestellten hörten nicht auf zu applaudieren, denn sie waren unheimlich stolz auf ihren Chef.

Noch an diesem Abend machte Paul seiner Sylvia einen Heiratsantrag.

Dichten
D C Hubbard

Worte fließen dicht,
Dicht wie der Dschungel,
Dicht wie Gedanken in der Nacht,
Allein, aber nicht einsam.

Worte aufs Papier gekritzelt
Nicht einfach herbeigedichtet,
Verdichten sich zusehends,
Platzsparend,
Hermetisch abgedichtet.

Oh entschuldige!
Habe ich mich verdichtet?

Die goldene Mitte
Yvonne Proske

Janina war enttäuscht. Immer traf sie entweder leicht links oder ein ganzes Stück rechts in die Zielscheibe. Wochenlang trainierte sie jetzt schon, aber irgendwie hatte sie das Gefühl, dass ihr Visier verzogen war. Nächstes Wochenende waren die Wettkämpfe und sie hätte keinerlei Chancen, wenn es so weiterginge. Gefrustet feuerte sie den Bogen auf die Wiese.

„Frau Müller, kommen Sie doch Mal bitte in mein Büro", sagte Dr. Beyer im Vorbeigehen.

Ellen zuckte zusammen. Was war denn jetzt schon wieder los? Ihr Chef machte sie noch total verrückt. Dauernd hatte er irgendwelche Kleinigkeiten an ihrer Arbeitsweise zu bemängeln. Niemals etwas Gravierendes – eine Überschrift, die in der Präsentation nicht fett gedruckt war; eine Email-Adresse, in der sich ein Buchstabendreher befand; eine Hotelbuchung in der, seiner Meinung nach, falschen Kategorie. Es war zum Haare raufen. „Ja, bitte, Herr Dr. Beyer. Was kann ich für Sie tun?", sagte sie freundlich und bemühte sich um Haltung.

„Schauen Sie doch mal diese Folie in der Präsentation an? Fällt Ihnen da was auf?", fragte Dr. Beyer lehrerhaft.

Wie sie dieses Verhalten hasste. Sie war 40 Jahre alt und gut in ihrem Job, aber irgendwie gab ihr dieser Typ immer wieder das Gefühl, die absolute Versagerin zu sein. Jetzt schaute sie konzentriert auf die Folie, konnte aber beim besten Willen keinen Fehler erkennen.

„Sehen Sie das denn nicht?", fragte Dr. Beyer sie triumphierend. „Die rechte Graphik ist nicht mittig eingerichtet. Das müssten Sie bitte noch korrigieren." Er drehte ihr nun den Rücken zu.

„Natürlich", brachte sie zwischen den Zähnen hervor. Hätte sie ein Messer in Griffweite gehabt, hätte sie es ihm in diesem Moment am liebsten mittig in den Körper gerammt.

Karin seufzte gekünstelt. „Ich bin mir nicht sicher, Schatz. Die Wohnung in der Stadt hat ihren Reiz, aber genauso das kleine Reihenhaus in Bierstadt, es müsste…"

Ralf hörte schon nicht mehr zu. Seit Monaten ging das jetzt so. Karin konnte sich einfach nicht entscheiden. Mittlerweile fragte er sich schon genervt, ob sie überhaupt mit ihm zusammenziehen wollte. Immer gab es an den Objekten, die ihnen der zunehmend ungeduldig werdende Makler zeigte, etwas auszusetzten. Zu weit ab von kulturellen Einrichtungen, zu laut, zu hohe Luftverschmutzung, zu ruhig, fehlende Infrastruktur, zu weit weg vom Lieblingsitaliener, zu weite Anfahrtszeiten zur Arbeit, zu schmutzig.

Die Liste war endlos und er verlor so langsam die Lust an der Suche. Am Anfang war es ja noch aufregend gewesen – immer die positive Anspannung, bevor man ein neues Objekt besichtigte. In vielen Wohnungen hätte er sich wirklich ein gemütliches, gemeinsames Heim vorstellen können. Wenn da nicht die vielen „Aber" von Karin gewesen wären.

Daniela war unruhig und das machte ihr Sorgen. Sie war immer diejenige im Freundeskreis gewesen, die so entspannt und ausgeglichen und ganz bei sich gewesen war. Wo war ihre innere Balance nur geblieben? Nervös tigerte sie durch ihre Wohnung. Was fehlte nur, oder besser gesagt, was war ihr abhandengekommen, was sie so zweifelnd zurück lies? So kannte sie sich gar nicht. Es war immer alles so einfach gewesen – ihr ganzes Leben – eine einzige Aneinanderreihung von Höhepunkten. Einzelkind ohne Konkurrenz, super Noten, guter Uniabschluss, spannende Auslandserfahrungen, verlässliche Freunde, der erste Job, der erste Schritt auf der Karriereleiter, dem noch viele folgten. Und nun?

David sah zu, wie die Außenministerin gehetzt zu ihrer Limousine rannte, die bereits auf sie wartete. „Zum Hotel, bitte, aber zügig" stieß sie genervt hervor. Als ihr Sprecher konnte er ihre Gemütsverfassung mittlerweile sehr gut einschätzen.

Der Wagen setzte sich pfeilschnell in Bewegung. David konnte gerade noch den Gurt zu fassen bekommen und sich anschnallen. Was für ein Schlamassel. Dieses Treffen war gründlich in die Hose gegangen, und David verstand seine Chefin nur zu gut. Wochenlange Vorbereitungen, Verhandlungen, und dann hatten sie ihren Gesprächspartner endlich zu einem persönlichen Treffen bewegen können und nun das.

Vielleicht hätten sie noch ein psychologisches Seminar zum Thema „Wie verhandele ich mit einer Betonmauer" besuchen sollen. Was tut man, wenn der Gegenüber einfach auf seiner Meinung beharrt und kein bisschen bereit ist, etwas zuzugeben? Sie wussten ja, dass Diplomatie nicht seine Stärke war, aber dass sie so auf Granit beißen würden, hätte er nie gedacht. Wie sollte es jetzt nur weitergehen?

„Herzlich willkommen, liebe Studenten, zum Seminar ‚Die goldene Mitte finden'." Prof. Heinzmann lehnte sich entspannt auf seinem Sessel zurück. „Nun, ich denke, Ihnen sind genügend Beispiele bekannt, in denen die berühmte ‚Goldene Mitte' komplett verfehlt oder nicht ganz getroffen wurde, nicht wahr? Die Frage ist doch: Was ist die ‚Goldene Mitte' und ist diese immer so erstrebenswert? Einige von Ihnen werden das sofort bejahen, aber vielleicht gibt es auch ein paar Zweifler unter ihnen, was ich doch hoffe." Er grinste.

„Stellen Sie sich doch einmal vor, wie es wäre, wenn wir immer die ‚Goldene Mitte' treffen würden. Wäre das nicht furchtbar langweilig und würde unsere Kreativität nicht dramatisch darunter leiden? Ich finde, im Leben bedarf es auch der Reibung, dem Eingeständnis, dass nicht immer alles nach Plan laufen kann. Nur so kann man doch alternative Lösungsmöglichkeiten finden und eventuell ganz andere Wege einschlagen. Was denken Sie? Ich bin gespannt auf Ihre Ausführungen zu diesem Thema. Sagen wir bis nächste Woche Donnerstag?"

Geschmeidig schwang sich Prof. Heinzmann von seinem Sessel und verließ den Saal. Zwanzig Augenpaar blickten ihm ratlos hinterher.

KURZVITEN

Gisela Horstmann

Schon als Kind erlebte Gisela durch ihren Vater die Entstehung von Büchern, der ihr oft seine neuen Kapitel vorlas. Manchmal konnte sie durch Korrigieren von Probedrucken daran mitarbeiten.

Mit 14 Jahren bekam sie ihr erstes Tagebuch geschenkt, und von da an schrieb sie ihr ganzes Leben lang als wichtiges Mittel zur Reflektion und Abreaktion von belastenden Erfahrungen mit sich selbst und anderen.

Nach Beendigung ihrer Lehrtätigkeit suchte sie *Gleichgesinnte* in mehreren kreativen Schreibkursen und begann dadurch neben dem Tagebuchschreiben auch Kurzgeschichten zu verfassen. In dieser Schreibgruppe fühlt sie sich seit fünfzehn Jahren gut aufgehoben, gefördert und bestätigt.

D C Hubbard

Die Amerikanerin Debbie Hubbard kam vor vielen Jahren nach Deutschland als Studentin. Ihr englischsprachiger Roman *The Peace Bridge* ist 2012 erschienen. Nun bildet sie sich ein, auch auf Deutsch Geschichten erzählen zu können. Mehrere Kurzgeschichten von ihr sind in deutschsprachigen Anthologien erschienen. Zum Beispiel in den Sammlungen: *Bei Zitat Mord, Hessisch-kriminelle Weihnacht* und *Hortus Delicti,* u.a. In der Anthologie *Kleinkrieg und Frieden* agiert sie als Mitherausgeberin, Mitübersetzerin und Autorin von Kurzgeschichten aus der ganzen Welt.
Mehr von ihr kann man auf ihrer Website lesen:

www.dchubbard-writes.com Sie bloggt ihre unqualifizierte Meinung unter: www.dchubbardwrites.wordpress.com

Ulrike Janisch

Ulrike wuchs in einem Taunusdorf auf, wo sie auch heute noch lebt. Sie hat in ihrem Arbeitsleben viel mit Zahlen zu tun. Für den Schreibkurs der Volkshochschule schrieb sie sich ein, weil sie erfahren wollte, was „kreatives Schreiben" eigentlich ist. Ulrike fühlte sich in diesem Kreis sehr wohl und lernte viel über das Schreiben. Da sie derzeit den Großteil ihrer Zeit dem Beruf, der Familie und sozialem Engagement widmet, freut sie sich auf die Zeit, in der sie ihre Ideen zu längeren Geschichten umsetzen kann.

Yvonne Proske

Yvonne war schon immer vom Spiel mit der Sprache fasziniert. Bereits mit zwölf Jahren schrieb sie ihre erste Kurzgeschichte. Heute geht sie ihrer Leidenschaft sowohl im Beruflichen – als PR- und Marketingmanager im Tourismus – als auch im Privaten, im Rahmen einer kreativen Schreibgruppe, nach.

Ruth-Inge Rolke

Ruth-Inge wurde in Wiesbaden geboren und lebt im Taunus. Ihre Hobbys sind die Bildhauerei und Malerei. Ihre Stärke ist das Portrait fotografieren. Sie ist sozial engagiert, und schreibt seit 2004 Kurzgeschichten und Gedichte.

Karola Teichen

Karola wurde 1939 in Paderborn geboren und lebte seit dem Tod der Mutter (1945) bei den Großeltern in Thüringen (DDR). Mit sechszehn Jahren zog sie zu ihrem Vater nach Freiburg/Brsg. Berufe: Industriekauffrau, Chefsekretärin, Gemeindediakonin, Hauswirtschaftsmeisterin. Sie ist Witwe, war fünfzig Jahre verheiratet, hat zwei Söhne und fünf Enkelkinder. Sie lebt seit dreißig Jahren in Bad Camberg, in der Ev. Kirchengemeinde engagiert und leitet seit zwanzig Jahren eine Seniorentanzgruppe.

Zum Schreiben kam sie durch die Kath. Erwachsenenbildung in Limburg mit Dr. Kappner zum Thema „Damit es nicht verloren geht" und einem Volkshochschulkursus in Idstein mit Hilke Müller. Seitdem nimmt sie teil an den regelmäßigen Reihum-Treffen der ehemaligen Kursteilnehmerinnen.

Karoline Vogelsang*

Karoline ist 1963 auf der Erde gelandet, Sandwich-Kind mit besonderem Hang zur deutschen Sprache, gängelte schon im Windelalter ihre Angehörigen mit dem Wunsch, man solle ihr aus dicken Märchenbüchern vorlesen oder wenigstens ein Repertoire respektabler Nacherzählungen bereithalten. Brutale Waldtiere? Dachziegel aus Lebkuchen? Davon bekam sie nie genug. Die Eltern beschlossen daher, Europa-Kinderschallplatten anzuschaffen.

Die erfolgreiche Alphabetisierung in der ersten Klasse befreite Karoline aus dieser Abhängigkeit und wies ihr den Weg ins Eldorado der Märchentanten – die Kinderecke der Stadtbücherei! Die Liebe zum Lesen hielt an und beeinflusste später auch die Wahl der (brotlosen) Studienfächer.

Auf das Selbst-Schreiben stieß Karoline erst in einem Kurs der Volkshochschule. Auch wenn die Millionen-Auflage bislang ausblieb, stellte sie fest, dass Schreiben – und vor allem das „Wandeln im Reich der Fantasie" – ein fesselndes, herausforderndes und kreatives Hobby ist, das sich nicht selten zur Passion auswächst!
*Pseudonym

Marietta Wollny

1948 in Bad Berleburg geboren
1968 - 1972 Studium Kunst und Mathematik
Wohnt in Taunusstein

Lehrerin für Kunst und Mathematik
Tätigkeit in der Lehrerfortbildung
Lehraufträge an der Fachhochschule Wiesbaden
Rektorin a.D.

Mitarbeit in Vereinen
z.B. Frauennetzwerk Connecta
Frauenkommunikationszentrum KOMZ Wiesbaden
Arbeiterwohlfahrt Wiesbaden

Autorin
Mitarbeit bei Film- und Radiosendungen
Einzel- und Gruppenausstellungen Malerei